U0153484

恆友文化

恆友文化

恆友文化

恆友文化

英文商業關鍵詞造句

秘訣與鐵則

隨時查用的商業英文關鍵詞造句集

BUSINESS GUIDE BOOK

Mile R. Mcgarry
Christopher W.Lin
吳湘琴

超實用的工具書

隨著全球化經濟型態的變遷，台灣從早期生產代工的年代到技術開發及轉移，近幾年更邁向服務業的蓬勃發展，語言競爭力則隨之更加的重要。我們不僅僅要面對職場上的競爭能力問題語言則將成為突破性的關鍵。因此，為了讓自己能夠有效的掌握最重要的英語辭彙，同時達到最精準的溝通，更是我們必須要努力的方向。

本書是一本匯整常用的英語辭彙，並透過範例的解說，希望能提供大家在職場上、學習上能夠有一個簡易且快速的工具，並且幫助大家在工作的過程中省去冗長的時間在翻閱字典、查閱範例，於是我們把每一個單字以及與其在中文解釋中相關的單字也都整理在一起，並分別列述範例讓讀者能夠輕鬆愉快的就能找到自己所需要的字彙並且適切的運用。本書作者經過多年經驗，精選出上千個職場上常用的英文字彙，就是希望能夠讓讀者在最有效的時間之內可以順利完成手上的工作。

在世界高度的競爭力下，台灣要能走出自己的一片天空，專業是每個人都必須要不斷追尋的目標，在中文與英文的學習運用之下能夠有效的進行溝通更是我們要努力學習的方向，能夠提供完整以及捷便的工具，進而提高讀者們的競爭力是我們編輯本書的最大目標。

一本好的英文詞彙工具書最大的優點就是提供最簡單的功能，卻能夠達到最大效用，這是本書編者的基本理念。它就像是我們桌面上的任何一個文具用品般，讓您隨時需要時就能夠馬上運用。因此我們沒有深奧難懂的艱澀字句，更沒有八股難譯的解釋，精選最常用例句並提供您多元的變化是我們編製此書的目的，希望能夠成為你桌面上隨手可得的重要工具之一。

B 字部

C 字部

D 字部

E 字部

F 字部

G 字部

H 字部

I 字部

J 字部

K 字部

L 字部

M 字部

S 字部

T 字部

Chapter
A
Chapter

account 名 帳戶；客戶；說明

範例

01. I have opened a checking **account**.
我已經開了一個支票帳戶

02. He is in charge of new **account** relationships.
他的業務是負責與新客戶的關係

03. About the annual report, Jane gave us a detailed **account**.
關於年度報告，Jane 給了我們詳細說明

04. He couldn't **account** for his mistake.
他無法解釋他所犯下的錯誤

05. He **accounts** himself the best of salesman.
他自認為自己是最佳的業務員

06. I saw an **account** of your promotion.
我看見你晉升的消息

相關詞

pay 支付

範例

(1) If you **pay** within one week, we will offer you a 10% discount.
如果您能在一周內付款，我們將提供10% 的折扣

(2) You are cordially requested to **pay** last month's bill.
誠摯的請您支付上月的帳單

相關詞

cancel 消帳

範例

(1) This will **cancel** your debt to our company.
這將可以抵消貴公司欠我方的帳款

相關詞

article 文章；條款

範例

(1) The **article** is based upon our research.
這篇文章是基於我們的研究

(2) **Article** 13 of the agreement deals with payment terms.
協議書中的第十三條是有關於付款條件的協議

相關詞

accountant 會計

範例

(1) She has been an **accountant** for many years in our company.
她在我們公司擔任會計很多年了

acknowledge 動 承認；告知 表示謝意；確認

範例

01. I **acknowledge** that I made a wrong decision in this investment.
我承認在這項投資我做了錯誤的決定

02. We sincerely invite you to attend our celebration to **acknowledge** you.
我們誠摯的邀請您參加我們的慶祝活動以表達我們對您的謝意

03. We **acknowledged** your letter to Mr. Chen at once.
我們在接到你們的信函的第一時間就已經通知陳先生了

04. I have to **acknowledge** receipt of your letter of 15th April, 2011.
我必須向您確認已經收到您2011年4月15日來函

05. You had **acknowledged** my application form last week.
上周你們已經確認我的申請書了

相關詞

recognize 正式承認

範例

(1) Our company **recognized** that the new production has

some problems.
我們公司正式承認新產品有一些問題

(2) He finally **recognized** that he made a mistake.
他終於承認自己做錯了

相關詞

concede 承認

範例

(1) Our CEO **conceded** that he made a mistake.
我們執行長已經承認他的錯誤

(2) We had to **concede** in this case.
我們必須承認這個案子是失敗

相關詞

receipt 收到；承認收到

範例

(1) We are waiting for the **receipt** of further information.
我們正在等待進一步資訊

(2) Pay the bill and ask the cashier to **receipt** it, please.
請您在付款之後要求出納員註明收訖

acquire 動 | 取得；獲得

範例

01. Our company has just **acquired** a large order.
我們公司剛剛獲得一筆大訂單

02. We **acquired** some experiences in this case.
在這案子中我們獲得了一些經驗

03. He has **acquired** a promotion with her help.
他在她的幫忙之下獲得了升遷

acquirement 名 | 獲得；取得；造詣

範例

01. He has many **acquirements** on this job.
他在這份工作上有很多收獲

02. She has **acquirement** in languages.
她在語言方面學識豐富

相關詞

gain 獲得

範例

(1) He had **gained** himself a good reputation.

他使自己得到了一個良好名聲

(2) We all **gain** experiences from this case.
我們都從這個案子中獲得經驗

相關詞

earn 獲得；賺取

範例

(1) How much do you **earn** from this transaction?
這筆交易你可以賺多少錢？

(2) His achievements **earn** him respect and admiration from all of us.
他的成就獲得我們所有人的尊敬與敬仰

相關詞

obtain 獲得

範例

(1) The production technology **obtains** improvement very quickly.
生產的技術獲得快速的改善

(2) They **obtain** a reward from company.
他們從公司獲得一筆獎勵

(3) He **obtains** a research and development expense.
他獲得一筆研發費用

adjust 動｜調整；適應

範例

01. We have to **adjust** the price to reflect monetary policy.
我們必須調整價格以因應貨幣政策

02. Her boss requires her to **adjust** the numbers.
她老闆要求她調整數字

03. He must learn to **adjust** himself to our company culture as soon as possible.
他必需儘快調整自己適應我們公司的文化

04. The engineer has **adjusted** the machine.
工程師已經把機器做了調整

05. Dr. Robert has **adjusted** the formula.
Dr. Robert 已經調整了配方

相關詞

change 改變

範例

(1) On second thoughts we **changed** our mind.
進一步考量後，我們改變了心意

(2) You have to **change** buses at the next stop.
你必須在下一站換車

(3) We need to **change** the plan.
我們必須改變計畫

(4) He requires us to **change** the details of the contract.

他要求我們更改合約中的細節

相關詞

coordinate 協調；調節

範例

(1) I'm calling to **coordinate** the schedule of meeting.
我打電話來是為了協調會議的行程

(2) He is **coordinating** activities for new product introduction.
他正在協調新產品介紹活動

相關詞

adjustment 調節；校正

範例

(1) Our manager made an **adjustment** in my salary.
我們經理調整了我的薪資

(2) He was the **adjustment** of conflicts last Friday.
他調解了上周五的衝突

(3) We would like to make an **adjustment** to 1 room with 2 double beds and 2 rooms with 1 queen bed.
我們想要把房間改成一間雙人床和兩間是一張大床

advance

動 推動；促進；提升；提出

名 前進；發展；預付款

範例

01. He has done his best to **advance** the company's interest.
他已盡了最大努力增進公司的利益

02. The date of the meeting will be **advanced** by a week.
這會議將要被提前一周召開

03. He is working very hard for **advancing** in the technological field.
他努力工作就是為了在這個技術領域不斷地進步

04. It **advances** the cause of understanding between our two companies.
這是促進兩間公司互相理解的目標

05. Our sales have strongly **advanced** this month.
這個月我們的業績有很大的進步

06. New orders are normally paid to us in **advance**.
新訂單通常會先付我們預付款

相關詞

development 發展

範例

(1) We made a new product through new styling and technical **developments**.
我們透過新設計和技術的發展製造了新產品

(2) Our manager followed **development** of the new members closely.
我們經理仔細觀察新會員的發展情況

相關詞

encourage 促進

範例

(1) His support **encourages** our important research.
他的支持促進我們重要的研究

(2) He **encourages** me to talk to her.
他鼓勵我去跟她談談

相關詞

advancement 晉升；促進

範例

(1) His **advancement** to manager last year.
他去年晉升成為經理

(2) Our program should be the **advancement** of learning.
我們的課程應該是促進學習

advice 名 | 勸告；通知

範例

01. Could you please send an **advice** of the arrival of the remittance to the client?
可以請你寄匯入款通知書給客戶嗎？

02. It is the orginal **advice**.
這份是正本的通知書

03. We need your **advice** to solve the problem.
我們需要你的建議來解決這個問題

04. **Advice** from the abroad supplier said that the price will be raised by 10% from next year.
國外的供應商通知我們明年價格會調漲10%

05. Please send the **advice** by airmail to us.
請用航空郵寄通知我們

相關詞

suggestion 建議

範例

(1) I revised my report at his **suggestion**.
我依照他的建議修改了我的報告

(2) She gives me some **suggestions** to help me in work.
工作上她給了我很多建議幫助我

相關詞

inform 通知；告知

範例

(1) I **infomed** his wife of his schedule.
我通知他太太他的行程

(2) He **informed** me our goods were held by the customs.
他通知，我們的貨被海關扣押了

(3) Allow me to **inform** you that your loan will be due this month.
請准許我們通知您，您的貸款將在本月到期

相關詞

advise 勸告；通知

範例

(1) We are writing to **advise** you that your bill will be due this week.
我們在此通知您，您的帳單將在本周到期

(2) We are pleased to **advise** that we are moving our operation to Taichung.
我們很高興地通知您，我們的業務即將轉移到台中

affect 動 | 影響；作用；感動

範例

01. The rising in petroleum price has **affected** our strategies.
石油價格上漲已經影響了我們的政策

02. It would **affect** our situation.
這會影響我們的立場

03. The New Taiwan dollar revaluation **affects** our profit.
台幣升值影響我們的利潤

04. We were deeply **affected** by the news of changing the general manager.
總經理變動的消息使我們深受震撼

05. She was deeply **affected** by the sad movie.
她受那部悲傷的電影深深的的感動

相關詞

effect 結果；影響；作用

範例

(1) It had great **effect** upon the future of him.
這對他的未來有很大的影響

(2) We would like to **effect** reconciliation.
我們想要進行調解

相關詞

impact 作用；衝擊

範例

(1) This study includes the **impact** of space technology.
這份研究包含了太空科技的影響

(2) This analysis made a great **impact** on our business strategies.
這份分析對我們的經營策略有很大的影響

相關詞

influence 影響；作用

範例

(1) Mr. Schultz is a man of **influence** in our company.
Schultz 先生是我們公司有影響力的人

(2) I don't want to **influence**, you have to make a decision by yourself.
我不想要影響你，你必須要自己做決定

相關詞

affection 影響

範例

(1) He has a great **affection** for our company.
他對我們公司具有很大的影響力

agenda 名 | 議程；日常性工作

範例

01. Our manager asks me to make an **agenda** for the meeting.
我們經理要求我把會議的議程做出來

02. This is an **agenda** for the next phase of contract negotiations.
這是為下一個階段契約協商的議事日程

03. There are 10 items on the **agenda**.
在這份議程中有十個項目

04. Could you please give me the latest program **agenda**?
請你給我最新的議事日程好嗎？

05. This proposed **agenda** is very important for our new contract.
這項議事日程對我們的新合約非常重要

相關詞

program 程序表；節目表

範例

(1) Do you know what the last item on the **program** is?
你知道最後一項節目是什麼嗎？

(2) What is the **program** of this business trip?
這次出差的行程是什麼？

相關詞

schedule 行程

範例

(1) They have planned a tight **schedule** of business trip.
他們安排了一個緊湊的出差行程

(2) The manager posted the **schedule** of sales planning for this year.
經理公佈了今年的銷售計畫行程表

相關詞

outline 大綱

範例

(1) This report gives an **outline** rather than the details.
這份報告只給了大綱，卻沒有提供細節

(2) He **outlined** his plans to the manager.
他向經理陳述了他計畫的重點

相關詞

timetable 時間表

範例

(1) We have to work on the **timetable**.
我們必須照時間表工作

allowance 形 津貼；限額；折扣；承認

範例

01. She has a monthly **allowance** of thirty thousand dollars.
她每個月有三萬元的津貼

02. What is the package **allowance** of this country?
這國家的包裹重量限額是多少？

03. They are discussing the **allowance** of the claim.
他們正在討論這索賠的要求

04. Their family **allowance** for food is ten thousand dollars for each month.
他們家庭每月有一萬元的伙食費

05. Our store makes an **allowance** of 10% for cash payment.
我們商店給予現金價10%的折扣

相關詞

allotment 分派；分配

範例

01. The **allotment** of profits is made at the end of every year.
利潤會於每年底分配

02. Your **allotment** is 20% from inheritance.
你會分配到遺產的20%

相關詞

quotas 配額

範例

(1) Our team fulfilled this month's **quota** ahead of time.
我們團隊提前完成了這個月的配額

(2) Every year has **quotas** for the volume of exports.
每一年出口量都有配額

相關詞

discount 折扣

範例

(1) If you pay cash, we will give you a 10% **discount**.
如果你付現金，我們將會給你10%的折扣

(2) We don't have any **discounts** for the whole year.
我們全年不打折

相關詞

reduction 減少

範例

(1) We could give you a **reduction** of 3% on the price.
我們可以給你3%的折扣

(2) We decided on a **reduction** of household expenses.
我們決定減少家用開支

anxious 形 焦慮的；掛念的；渴望的

範例

01. I'm **anxious** about her job.
我很擔心她的工作

02. We are really **anxious** to see him.
我們真的急於見他

03. I could see that she is **anxious** for going to Europe.
我看得出來她非常期待去歐洲

04. She is very **anxious** all the time.
她總是緊張兮兮的

05. We are **anxious** that there is no misunderstanding.
我們極希望沒有誤會

相關詞

concern 關心

範例

(1) We were much **concerned** when we saw the news.
當我們看到新聞時感到非常擔心

(2) That's no **concern** of mine.
那不關我的事

(3) It is a source of **considerable** concern.
這是令人擔心的原因

相關詞

worry 擔心

範例

(1) I don't think there is anything to **worry** about.
我不認為有什麼需要擔心的

(2) Don't **worry** about that, just take it easy.
放輕鬆點，不用擔心那件事

(3) He is **worry** that the case will be rejected.
他擔心這案子會被否決

相關詞

fearful 害怕的；擔心的

範例

(1) They are **fearful** the project will over budget.
他們擔心這個專案會超過預算

(2) He was **fearful** of her anger.
他很怕她生氣

(3) We were **fearful** of losing our way.
我們很害怕會迷路

announce 動 宣佈；通知；聲稱

範例

01. We are very pleased to **announce** this good news.
我們非常榮幸的宣佈這個好消息

02. The Chairman **announced** the final decision.
董事長宣佈了最後的決定

03. He is going to **announce** he will retire next year.
他即將宣佈他將要在明年退休

04. CEO **announces** your newly responsibilities to all staffs personally.
執行長親自向所有員工宣佈你的最新職責

05. The security **announced** we have to leave as soon as possible.
保安人員通知我們要儘速離開

announcement 名 通知；公佈

範例

01. This is the **announcement** of your appointment to CEO for our company.
這是任命您擔任本公司執行長的通知書

02. We will host the **announcement** of your new computer

system.
我們將會舉辦一場有關於你們新電腦系統的發表

03. An **announcement** will be made next Monday.
下周一將會有一個通告發佈

相關詞

declare 宣佈；宣告；聲明

範例

(1) We **declared for** their proposal.
我們聲明贊成他們的企劃

(2) The new board of directors officially **declares** the company's new strategies today.
新的董事會今天正式宣佈公司未來的新政策

(3) They **declare** that the company won't lay off this year.
他們今天聲明公司本年度不會裁員

相關詞

inform 通知；告知

範例

(1) They **informed** me that it will be changed in the future.
他們通知我未來可能會有一些變動

(2) I'm happy to **inform** you that we will lower the price.
很開心的通知您，我們將會調降價格

amend 動 修定；更正；改善

範例

01. We need to **amend** the L/C.
我們需要修改這份信用狀

02. The article was **amended** last week.
這條款上周已經被修改了

03. The motion to **amend** the contract was defeated by another side.
修改合約的動議被另一方否決了

amendment 名 改正；改善；修正

範例

01. I think your proposed needs some **amendments**.
我認為你的企劃案需要一些修改

02. There are some mistakes in the **amendment** to the L/C.
在信用狀的訂正通知單上有許多的錯誤

相關詞

correct 修改；糾正

範例

(1) The conference's subject is to **correct** the discrepancy today.
今天會議主要是訂正差異事項

(2) We need you to **correct** our records.
我們需要你去訂正我方的紀錄

相關詞

change 更改

範例

(1) He **changed** the details of the contract.
他更改了合約的細節

(2) We **changed** clothings in the interval.
我們在中場休息時換了衣服

相關詞

mend 改善

範例

(1) It is never too late to **mend**.
改過永遠不嫌晚

(2) He promised that he would **mend** his way.
他承諾會改善

appraise 動｜估價；評價

範例

01. He found an expert to **appraise** the house.
他找了一個專家估價這間房子

02. The appraiser **appraised** his assets.
鑑定師鑑定了他所有資產

appraiser 名｜鑑定師（不動產）

範例

01. He is an **appraiser**.
他是不動產鑑定師

相關詞

evaluate 評價；估價

範例

(1) He **evaluated** her performance.
他對她的績效做了評價

(2) We are **evaluating** the role of the line manager in the implementation of human resource management practices.
我們正在評估該部門經理在人力資源管理方面所扮演的角色

(3) The boss will **evaluat** the performance of each worker at the end of the year.
老闆將在年終評估每位員工的績效

相關詞

valuate 估價；價值

範例

(1) The accountant is **valuating** the company's assets.
會計正在做公司的資產估價中

(2) You don't know the **value** of health.
你不知道健康的價值

(3) Your help is of great **value** to me.
你的幫助對我很有價值

(4) His advice is very **valuable**.
他的忠告非常有價值

相關詞

assay 鑑定

範例

(1) The lipstick **assays** high in mercury.
這個唇膏經證明含汞量高

assured 形 | 確保的；確認的

範例

01. Please be **assured** of our willingness to serve you.
請放心，我們很高興為您服務

02. His career looks **assured**.
他的職涯看起來不成問題了

03. I am **assured** of her ability to solve the problem.
我很確定她有解決問題的能力

04. Please be **assured** that we will solve the problem.
請放心，我們會解決這個問題

05. I want to be **assured** you can do it alone.
我要確認你可以自己完成這件事

assurance 名 | 保證；自信

範例

01. I appreciate your **assurance** of prompt delivery.
我感謝您保證會立即交貨

02. We already have **assurance** of association.
我們已經獲得協會的保證

assure 動 | 保證；確定；確認

範例

01. We **assure** the best possible medical care.
我們保證提供最好的醫療照顧

02. Her future is **assured**.
她的未來是有保障的

03. We will **assure** that payment terms are not suitable to your company.
我們將確認這個付款條件不適合貴公司

相關詞

available 可以的；確認的

範例

(1) A detailed information and documentation package is **available**.
可以提供詳細的資料和整套的文件

相關詞

offer 提議；提供

範例

(1) This job **offers** an opportunity for your career.
這個工作為你提供職涯的最佳機會

attract 動 引起；獲得；吸引

範例

01. He **attracts** wide support from employees.
他獲得員工們極大的支持

02. I **attracted** a lot from his suggestion.
從他的建議我獲益良多

03. The salesman sings songs to **attract** a crowd.
這業務員唱歌吸引群衆

04. She tried to **attract** his attention.
她試圖吸引他的注意力

05. Our activity **attracts** many people.
我們的活動吸引很多人

attractive 形 有吸引力的

範例

01. He offers me a position which is very **attractive**.
他提出了一個非常有吸引力的職務給我

02. She is really **attractive**.
她非常具有吸引力

相關詞

benefit 利益；好處

範例

(1) We **benefit** greatly from this meeting.
經過這次會議我們獲益良多

(2) It **benefits** from the increased discount.
增加折扣獲取利潤

相關詞

gain 獲得；贏得

範例

(1) We all **gained** from this experience.
我們都從這次經驗有所獲得

(2) We have to **gain** competitive advantage.
我們必須贏得競爭優勢

相關詞

charm 吸引

範例

(1) I was **charmed** by this advertisement.
我完全被這個廣告吸引了

attribute 動 | 歸因於

範例

01. It can be directly **attributed** to his misunderstanding.
這可以歸因於他的會錯意

02. He **attributes** his success to his parents.
他的成功歸因於他的父母

03. This case can be **attributed** to him having spent too much time.
這件案子歸因於他花了太多時間

04. Do you think it can be **attributed** to his fault?
你認為這可以歸因於他的錯嗎？

相關詞

cause 原因

範例

(1) The **cause** of the trouble is old age.
這個故障原因是因為老舊了

(2) The project failed **cause** they didn't work closely.
這個專案之所有失敗歸因於他們並沒有緊密的合作

(3) We are investigating the **cause**.
我們正在調查原因

相關詞

source 根源；來源

範例

(1) The news comes from a reliable **source**.
這消息來自於可靠的來源

(2) That's why she had a **source** of some disappointment.
這是為什麼她有點失望的原因

(3) They are required to publish the **source** of their capital.
他們被要求必須公佈資金來源

相關詞

ascribe 歸因於

範例

(1) He **ascribed** his success to hard work.
他把成功歸因於努力工作

(2) I **ascribed** getting the order to team work.
我把這次訂單歸因於團隊

(3) The painting was **ascribed** to an unknown artist.
那幅畫被認定是一個無名的畫家所畫

aware 形 察覺的；洞悉的；明白

範例

01. He is still not **aware** of having done wrong.
他直到現在還沒察覺到自己做錯了

02. I am **aware** this is a tough job.
我知道這是一個困難的工作

03. I'm writing this letter to make you **aware** of this problem.
我這封信是想要讓　貴司明白這個問題

04. She is an **aware** person.
她是一個閱歷豐富的人

05. I was not **aware** of my danger.
我不知道自己正在危險處境

相關詞

conscious 有知覺的；察覺的

範例

(1) She suddenly becomes **conscious** of someone looking at her.
她終於察覺到有人在看她

(2) He was not **conscious** of the pain.
他不覺得會疼痛

(3) She was **conscious** that she was being followed.
她察覺到自己被跟蹤

相關詞

recognize 承認；識別

範例

(1) I **recognized** that I had made a mistake.
我承認我犯了錯

(2) She will not **recognize** me any longer.
她再也不理我了

(3) He **recognized** me by making a slight bow.
他軀身跟我打了招呼

相關詞

realize 瞭解；意識

範例

(1) He **realizes** his mistake.
他意識到他的錯誤了

(2) He finally **realizes** what I mean.
他終於了解我的意思了

(3) I didn't **realize** that I had succeeded at first.
一開始我不知道自己成功了

Note

Chapter
B
Chapter

begin 動｜開始；著手

範例

01. We **began** our operation since last month.
我們上月起開始營運

02. We **begin** importing your product.
我們開始進口貴司的產品

03. Our company **began** ten years ago.
我們公司始於十年前

04. She **began** her own business about two years ago.
她自己創業大概是兩年前

05. The meeting will **begin** ten minutes later.
會議即將在十分鐘後開始

beginning 名｜開始

範例

01. We would like to make a good **beginning**.
我們想要做一個好的開始

02. Our business is just **beginning**.
我們的生意才在萌芽的階段

03. He goes back to the **beginning**.
他回到了原點

相關詞

start 開始

範例

(1) We **start** the new business.
我們開始進行新事業

(2) We have to **start** discussions on the possibilities of business.
我們必須開始針對任何可能的商機討論

(3) He **starts** to work, finally.
他終於開始工作了

相關詞

commence 開始；著手

範例

(1) We **commenced** to produce in our new factory.
我們已經在我們新工廠開始生產了

(2) We have to **commence** before the term of agreement expires.
在合約期效到之前我們必著手進行

(3) She **commences** learning French.
她開始學法文

believe 動 | 信任；相信

範例

01. I don't **believe** him at all.
我一點都不相信他

02. We **believe** he can make it.
我們相信他會做到的

03. He **believes** we will achieve the goal this year.
他相信我們今年會達到目標

04. They **believe** the God exists.
他們相信上帝存在

05. I **believed** in his honesty.
我相信他的真誠

belief 名 | 信任；信念

範例

01. I have much **belief** in this matter.
我對這件事很有信心

02. It is my **belief** that he will come to here.
我相信他一定會來這裏的

03. It is beyond **belief**.
這件事令人難以置信

相關詞

trust 信任

範例

(1) We have **trust** in him.
我們相信他

(2) We pledge to fulfill our **trust**.
我們保證履行義務

(3) I can't **trust** the memory of mine.
我不相信自己的記憶力

相關詞

faith 信念

範例

(1) We always put our **faith** in the future.
我們對未來總是抱著信心

(2) It is our **faith**.
這是我們的信念

(3) **Faith** can move mountains.
信心可以移山

benefit 名 利益；優勢
動 有利於；受惠於

範例

01. The new plan will be a great **benefit** to our company.
這個新計畫將會給我們公司帶來莫大的好處

02. Eating vegetables will **benefit** your health.
吃蔬菜對你的健康有幫助

03. We **benefited** greatly by this.
這次會議讓我們獲益良多

04. I **benefited** from this business trip.
這次出差讓我獲益良多

05. It's proved of great **benefit** to me.
它確實對我很有益處

beneficial 形 有利的；有益的

範例

01. This agreement is **beneficial** to all parties concerned.
這份協議書對各方面的關係都變得有益

02. We keep a very friendly and **beneficial** relation between our organizations.
我們維持兩間公司友好且有益的關係

03. Swimming is **beneficial** to health.
游泳有益健康

相關詞

advantage 優勢；優點

範例

(1) We will have a significant **advantage** if we get the order.
假如我們拿到這筆訂單的話，我們將會有龐大的利益

(2) We should cooperate for our mutual **advantages**.
為了兩間公司的互利我們應該要合作

(3) What is the **advantage** of this assignment?
這份任務有何好處？

相關詞

profit 利益

範例

(1) We got a lot of **profit** from your advice.
我們從你的建議中獲得很多的利益

(2) She learned to **profit** by her mistakes.
她學會了從錯誤中獲益

(3) These foods are very **profitable** for your health.
這些食物對你健康是有益的

bereave 動 | 喪失；失去

範例

01. He was **bereft** of happiness.
他失去了幸福

02. The accident **bereaved** him of his feet ten years ago.
十年前的那場意外他失去了雙腳

03. She has been **bereft** of her husband for many years.
她失去丈夫已經很多年了

bereavement 名 | 喪親；喪友

範例

01. We are so sorry for your **bereavement**.
我們很遺憾你的喪親之痛

02. We express our deep regret over the **bereavement** of your father.
我們衷心的遺憾悼念您父親的逝世

03. You should express your sorriness for his **bereavement**.
對他的喪親之痛你應該要表示你的遺憾

相關詞

lose 失去；迷失

範例

(1) We regret for your **loss**.
對於你的損失我們感到很遺憾

(2) We **lose** a lot of money on that deal.
我們在那筆交易上損失了一大筆錢

(3) We got totally **lost**.
我們整個迷路了

(4) I think we **lost** him.
我想我們失去他了

(5) Harry **lost** himself in working.
Harry 專心的在工作

相關詞

pass 死亡；終；過

範例

(1) I have no idea what **passed** between them.
我完全不知道他們之間發生什麼事了

(2) We just **passed** your office.
我們才剛剛經過你的公司

(3) This proposal was **passed** last week.
這個提案上周通過的

(4) He **passed** the examination.
他通過了考試

board ㊔ 董事會；委員會；告示牌；膳食；舞台

範例

01. He has joined our company's **board** of directors.
他加入了我們公司的董事會

02. His company is going on the **board**.
他的公司即將上市

03. He comes on **board** today.
他今天上任

04. She is one of **board** members.
她是委員會成員

05. We need a **board** for meeting.
我們開會需要一個黑板

06. We will provide room and **board**.
我們將提供食宿

07. She quit the **boards** after she married.
她結婚後就離開了舞台

相關詞

committee 委員會

範例

(1) He is one of the Human Resource **committee**.
他是人力資員委員會的成員之一

(2) We are going to set a **committee** this year.
我們今年會成立委員會

(3) The **committee** differs in opinion.
委員們的意見分歧

(4) She is on the Accounting **Committee**.
她是會計委員會的委員

相關詞

director 董事；主管

範例

(1) She is one of the members withboard of **directors**.
她是我們董事會的成員之一

(2) He is a **director** of committee.
他是協會的指導者

(3) He is a film **director**.
他是電影導演

相關詞

bureaucrat 官僚；官僚主義者

範例

(1) He is such a **bureaucrat**.
他真的是一個官僚主義者

boat 名 船
動 以船裝運

範例

01. We will go there by the fastest available **boat** tomorrow.
我們明天會經由最快速的船到那裏

02. We are taking a short ride on our **boat**.
我們要搭船進行短期遊覽

03. We crossed the river in a **boat**.
我們搭船過河

04. The goods will be shipped to you by **boat**.
這批貨將會用船運給你

05. They **boat** the goods to customers.
他們以船裝運送到客戶

相關詞

ship 運送；船

範例

(1) The goods will be **shipped** to the customer.
這批貨將會以船運方式送給客人

(2) The foods were **shipped** by rail.
這些食物是火車運送的

(3) She is working in a **shipping** company.
她在一家船務公司上班

(4) We will deliver the goods by the **ship** sailing for Los Angeles.
我們的貨物運送是經由往Los Angle的船

(5) He arranged for the first **ship** to go.
他安排了第一班船出發

相關詞

vessel 船；艦；容器

範例

(1) The **vessel** sailing to your port is only available once a week.
往貴港口的船一周只有一班

(2) It is the fastest **vessel**.
這是最快的一班船

(3) It is a **vessel** that holds liquids.
這個容器是裝液體的

bond 名 聯結；束縛；債券
動 抵押；做保

範例

01. They bought some government **bonds**.
他們買了一些政府公債

02. Their company is going to issue **bonds**.
他們公司正準備發行公債

03. His father **bonded** him.
他爸為他做保

04. The bank requires him to **bond** for company.
銀行要求他為公司擔保

05. Please sign the **bond**.
請在證書上簽名

相關詞

certificate 證書；證券

範例

(1) The **certificate** is in your hands.
這份證明在你手上了

(2) It is the **certificate** of balance.
這是一張餘額證明書

(3) They will provide you a **certificate** of attendance.
他們會頒發一張出席證明書給你

相關詞

deed 房契

範例

(1) He has the **deed to** the house.
他有這房子的房契

(2) We have the loans on **deed**.
我們有房貸

相關詞

instrument 法律文件

範例

(1) The lawyer has prepared the **instruments**.
律師已經把文件都準備好了

(2) We will send the **instruments** to you as soon as possible.
我們會儘快把法律文件寄給你們

(3) He is a specialist of **instruments**.
他是法律文件的專家

boom 名 繁榮
動 迅速發展；興旺；激增；鼓吹

範例

01. Business **boomed** after depression.
蕭條之後就是繁榮

02. The economy is having a **boom**.
經濟正在繁榮

03. Foreign investments **boomed** the country.
國外投資使這個國家繁榮

04. The police **boomed** out its warning.
警察鳴聲以示警告

05. He was born at the tail end of the baby **boom**.
他生於嬰兒潮的後期

相關詞

increase 增加

範例

(1) Our investment **increased** three times.
我們投資增加了三倍

(2) Our production **increases** year by year.
我們產量一年比一年增加

(3) Our cost **increased** by 10% this year.
我們成本今年增加了10%

相關詞

thrive 興盛；繁榮

範例

(1) The global economy is **thriving**.
全球經濟正興盛

(2) His business is **thriving**.
他生意興隆

(3) Education **thrives** here.
當地教育很興盛

相關詞

prosper 繁榮；昌盛

範例

(1) Japan is **prospering** under a strong government.
在日本政府強力的領導下國家正在繁榮

(2) The company is **prospering**.
這公司正興旺

borrow 動 | 借入；借用

範例

01. Does he **borrow** from you?
他有跟你借錢嗎？

02. How much have you **borrowed** from him?
你跟他借了多少錢？

03. The book is **borrowed** by her from library.
這書是她從圖書管借來的

04. He always **borrows** from them.
他常跟他們借東西

05. Her ideas were **borrowed** from other sources.
她的想法都是從別處借來的

06. These words were **borrowed** from Spanish.
這幾個字是從西班牙文來的

相關詞

lend 把…借出

範例

(1) Did he **lend** the money to you?
他有把錢借給你嗎？

(2) Could you **lend** me your pen?
可以借一隻筆給我嗎？

(3) They used to **lend** money at an extremely high rate of interest.

他們以前常會放高利貸

(4) Who **lent** you the money?
誰借錢給你？

(5) He **lent** money to me.
他借錢給我

相關詞

loan 借出；貸款

範例

(1) May I have a **loan** of your book?
我可以跟你借本書嗎？

(2) The bank made a **loan** to his company.
銀行貸了一筆款給他公司

(3) My parents **loaned** me some money.
我父母借了我一些錢

(4) The bank **loans** to good customers.
銀行貸款給良好的客人

(5) He made a **loan** from the bank for the new project.
為了這新計畫他向銀行貸款

bother 動 | 煩擾；叨擾；煩腦；擔心

範例

01. We are so sorry to **bother**.
我們對於叨擾你感到很抱歉

02. Don't **bother** about that trifling matter.
別為小事抓狂

03. Her families **bother** her.
她家人的事讓她困擾

04. I can't **bother** you with my personal problem.
我不能因個人的問題去打擾你

05. Her attitude **bothered** me.
她的態度惹火我了

相關詞

worry 擔憂

範例

(1) I really **worry** about him.
我真的很替他擔心

(2) Nothing **worries** me.
我沒什麼好擔心的

(3) Don't **worry** about him.
別擔心他

相關詞

trouble 麻煩

範例

(1) I don't want to get into any **trouble**.
我不希望招惹到麻煩

(2) You're asking for **trouble**.
你在自找麻煩

(3) Don't **trouble** about that.
別再為那件事煩腦了

相關詞

inconvenience 不方便；打擾

範例

(1) I apologize for the **inconvenience** I've caused you.
我們很抱歉造成你的不便

(2) We hope this misunderstanding has not caused your company any **inconvenience**.
我們希望這次的誤解不會造成貴公司的不便

(3) I regret any **inconvenience** which resulted from this.
我很抱歉造成任何的不便

build 動 | 建造

範例

01. You should **build** your argument based on facts.
你應該將理論建築在事實

02. He **built** this woodhouse.
這棟木屋是他建的

03. They **built** the bridge for two years.
他們花了兩年時間蓋這座橋

04. The house was **built** five years ago.
這房子五年前建的

05. The bridge is **built** of wood.
這橋是木造的

building 名 | 建築物

範例

01. The **building** has been built for many years.
這棟建築物已經蓋了很多年

02. This **building** is our new office.
這棟大樓是我們的新辦公室

相關詞

construct 建造；構成

範例

(1) The bridge has been **constructed** for two years.
這座橋建了兩年

(2) He **constructs** the castle in cooperation with his best friend.
他和他的最好朋友合作建造了這個城堡

(3) Her father **constructed** the company.
她父親建造了這個公司

相關詞

manufacture 製造；生產

範例

(1) The machine is **manufactured** by German.
這機器是德國製造的

相關詞

make 製造

範例

(1) She **made** me mad.
她把我搞瘋了

Note

Chapter
C
Chapter

calculate 動 | 計算

範例

01. She **calculated** the cost very carefully.
她仔細的計算成本

02. The bank **calculates** the interest at the rate of 7%.
銀行以7%年利率計算利息

03. I **calculate** they will be here in a moment.
我預估他們應該很快就到了

04. His remark was **calculated** to hurt her.
他故意說話傷她的

05. Have you finished **calculating** yet?
你計算好了嗎？

相關詞

calculation 計算

範例

(1) According to our **calculation** you're losing the game.
根據我們的計算你輸了這場比賽

(2) Based on our best **calculation** you should stop the investment.
根據我們最好的計算你應該要停止這項投資

(3) Did I make any errors in my **calculation**?
我的計算有錯誤嗎？

(4) By my **calculation**, we will get a 10% profit on this

investment.
我計算這項投資我們會獲得10% 的利潤

(5) After much **calculation** they decided to give him the position.
經仔細考慮之後，他們決定讓他擔任這個職務

相關詞

compute 計算；估算

範例

(1) His failure to **compute** correctly resulted in losing a lot money.
因為他錯誤的估算導致損失大量的金錢

(2) Please **compute** the bill.
請計算這帳單

(3) I don't want to **compute** that thought further.
我不想要去推斷那個想法

相關詞

count 計算

範例

(1) She didn't **count** me.
她沒算到我

(2) They are **counting** how many people in here.
他們正在算這裏有多少人

capacity ㊔ 容量；生產力；立場

範例

01. She has a **capacity** for learning.
她在學習方面的能力很強

02. Our factory has an annual **capacity** of 12,000 tons.
我們工廠每年生產力有12,000噸

03. The meeting has a seating **capacity** of 50.
這會議室可以容納五十個人

04. He said that in the **capacity** as CEO.
他是以執行長的立場講這番話

相關詞

size 尺寸；聲望

範例

(1) What is the **size** of your shoes?
你鞋子的尺寸是多少？

(2) This dress is your **size**.
這件洋裝是你的尺寸

(3) A man of his **size** is not equal to the job.
以他的能耐是無法擔任這工作

相關詞

productivity 生產力

範例

(1) Our factory has had an enormous increase in **productivity**.
我們工廠的生產力已經得到巨大的提高

相關詞

position 立場

範例

(1) We retained our conservative **position** to reject the proposal.
我方是以慎重立場拒絕這個提案

(2) We are happy to be in your **position** to understand.
我們很高興站在你的立場去理解

相關詞

situation 立場

範例

(1) We understand your **situation**.
我們瞭解您的立場

(2) She is in a difficult **situation**.
她的處境困難中

cease 動 | 終止

範例

01. This project has ceased.
這專案已經停止了

02. It will **cease** of any active participation in early next year.
明年初所有的活動都將結束

03. The project manager **ceased** the whole project.
專案經理終止了整個專案

04. The test has **ceased**.
這個測試已經終止了

05. This thing has **ceased** to be a mystery to anyone.
這件事對大家已經不再是個迷了

相關詞

conclude 結束

範例

(1) The fireworks had **concluded**.
這煙火秀已經結束了

(2) What have you **concluded** from this program?
從這個計畫你有什麼結論？

(3) He **concluded** that he would wait a little longer.
他決定再等一會兒

相關詞

close 關閉

範例

(1) We decided to **close** down our shop.
我們決定將商店關閉

(2) I have **closed** my account in this bank.
我已經將這個銀行的帳戶結清了

(3) The shop **closed** at seven.
這商店在七點鐘關門

相關詞

end 結束；末端

範例

(1) I hoped it might **end** my suffering.
我希望這會很快的結束我的痛苦

(2) This is no **end** to his complaints.
他的抱怨沒完沒了

(3) It will be finished at the **end** of May.
這件事會在五月底結束

check 名 核對；支票；帳單 動 檢查

範例

01. They need to **check** your bag before entrance.
在進入前他們需要檢查你的包包

02. Could you please **check** the numbers for me?
請幫我檢查這些數字可以嗎？

03. He paid the amount by **checking**.
他開支票付這筆費用

04. May I have the **check**, please?
請給我帳單好嗎？

05. I have **checked** your answer.
我已經確認了你的答案

相關詞

confirm 証實；確定

範例

(1) I had **confirmed** the reservation.
我已經確認了我們的預約

(2) He already **confirmed** the truth.
他已經證實了事實

(3) It has **confirmed** me in my belief.
它使我更加確定我的信念

相關詞

restrain 抑制；阻止

範例

(1) The government has taken measures to **restrain** the appreciation.
政府已經採取措施抑制升值

(2) I couldn't **restrain** my tears.
我無法壓抑我的淚水

(3) We **restrained** the children from playing by the road.
我們已經阻止孩子在路邊玩耍

相關詞

control 控制

範例

(1) You have to **control** your temper.
你應該要控制自己的脾氣

(2) They couldn't **control** him.
他們無法控制他

(3) He **controls** the whole situation.
他控制所有的狀況

collaborate 動 | 共同合作

範例

01. He **collaborated** with me in this project.
他與我合作這個專案

02. We despise those who **collaborate**.
我們鄙視那些通敵的人

03. Our team **collaborated** with each other very well.
我們這組成員相互間共同合作的很好

04. Our company will **collaborate** with ABC Company.
我們公司將會跟ABC公司共同合作

collaboration 名 | 合作；合著

範例

01. He was working on the book in **collaboration** with me.
我們共同合著這本書

02. She plans to work on this study in **collaboration** with her student.
她計畫和她的學生合力完成這份研究

相關詞

cooperate 合作

範例

(1) Let's all **cooperate** to get the work done quickly.
讓我們一起同心協力把這工作儘快完成吧

(2) He **cooperated** with his father in making the plan.
他和他父親合作完成這個計畫

(3) They would not **cooperate** with him.
他們不願和他合作

(4) We worked in close **cooperation**.
我們密切合作

相關詞

coact 一起合作

範例

(1) We are **coacting** the show.
這場表演我們會一起合作演出

(2) They **coacted** the tour performance.
他們一起巡迴表演

communicate 動 | 溝通；傳達；交流；傳染

範例

01. You should **communicate** directly with him yourself.
你必須自己直接跟他溝通

02. I **communicated** with her by gestures.
我跟她用手勢溝通

03. Her room **communicates** with the shower room.
她房間和浴間是相通的

04. She **communicated** colds to the others.
她把感冒傳染給別人

communication 名 | 溝通；傳達；交流；交往

範例

01. **Communication** between parents and children is not as difficult as you think.
父母和孩子之間的溝通沒有你想像的困難

02. The **communication** of news by TV and internet is very common now.
現在透過電視和網路傳達新聞已經是很普遍了

03. The telephone **communication** was cut off during the storm.
暴風雨時電話中斷了

04. Internet is a wonderful instrument of **communication**.
網際網路是一個非常好的通訊工具

05. He has no **communication** with his family.
他跟他家人沒有往來了

相關詞

inform 通知；告知；告密

範例

(1) He **informed** me of the meeting.
他通知我要開會

(2) She **informed** me she is going to Seattle.
她告知我她即將前往西雅圖

(3) I **informed** the post office of the change of my address.
我通知郵局變更地址

(4) She has **informed** on the murderer.
她密告了那謀殺者

contribute 動 | 貢獻；捐助；投稿

範例

01. He **contributed** some money to the flood victims.
他捐了些錢給水災的災民

02. She didn't **contribute** one idea to the plan.
她對這個計畫沒有提供任何貢獻

03. His researches **contributed** greatly to the progress of science.
他的研究對科學進步有很大的貢獻

04. He never **contributes** to the discussion.
討論時他從來都不表示任何意見

05. The teacher **contributed** an article to the newspaper.
這老師投稿到報社

contribution 名 | 貢獻；投稿

範例

01. His idea has a great **contribution** to the project.
他的想法對這個計畫有很大的貢獻

02. I made a **contribution** to the Red Cross.
我向紅十字會捐了一筆款

03. The invention of paper was a great **contribution** to human civilization.
紙的發明對人類文明有很大的貢獻

04. Will you give us some **contribution**?
可以給我們一些文稿嗎？

相關詞

donate 捐助

範例

(1) He **donated** his books to the school's library.
他把他的書捐給學校的圖書館

(2) She made a **donation** of a million dollars.
她捐了一百萬

(3) He mailed a **donation** check.
他寄了張捐款支票

(4) The money sent just fits your corporate **donation** calendar.
這筆款項寄出去正好符合你們的捐獻預定日程

(5) This money is the previous **donation** two thousand dollars from ABC Corporation.
這筆款項來自ABC公司上次的2,000元的贊助

相關詞

provide 撫養；提供

範例

(1) Somehow he managed to **provide** his children with food and clothing.
他設法提供衣食給他孩子們

Note

Chapter D

damage 動 損害 名 損害；損失

範例

01. A lot of houses were **damaged** by the flood.
很多房子遭洪水沖毀

02. A torrent of rain came down and **damaged** the crops.
大雨傾盆而下損害了農作物

03. The earthquake caused great **damage**.
地震造成了極大的損害

04. They described the **damage** to the apple crop as serious.
他們描述有關於蘋果的損害慘重

05. The typhoon caused much **damage**.
這場颱風造成的損失很大

相關詞

harm 損害；危害

範例

(1) The rain did much **harm** to the crops.
這場雨嚴重的損害了農作物

(2) Too much drinking will do you **harm**.
飲酒過量有礙健康

(3) Harm set, **harm** get.
害人反害己

相關詞

injury 傷害

範例

(1) He received a slight **injury** to his hands.
他的雙手受了輕傷

(2) I am sure my father never caused anyone an **injury**.
我相信我父親絕不會傷害任何人

(3) Most people protect themselves from **injury** to their self-esteem.
大部份的人為了保護自己使自尊心不會因此受到傷害

相關詞

impair 損害

範例

(1) Overwork **impaired** her health.
過度工作損害了她的健康

(2) Poor food **impaired** his health.
粗食損害了他的健康

decide 動 決定；下決心；裁決

範例

01. I **decide** to be a lawyer.
我決心要做個律師

02. We **decided** on going there.
我們決定去那裏

03. The matter has been **decided**.
這件事已解決了

04. They have not **decided** on where to go yet.
他們還沒決定要去哪

05. He **decided** to stop the project.
他決定停止這個專案

decision 名 決心；結論；判斷

範例

01. It was a sudden **decision**.
這是個突然的決定

02. We came to a **decision**.
我們得到一個結論

03. I'd like to see the New York office before making a final **decision**.
在做最後決定前我想先到紐約辦公室看一看

04. She lacks **decision**.
她缺乏果斷力

05. I made a **decision**.
我做了決定

---

decisive 形 | 決定性的；確定了

範例

01. It's a **decisive** moment in his career.
這是他事業上的關鍵時刻

02. She gave a **decisive** answer.
她給了一個明確的答案

03. It was **decisive** evidence.
這是決定性的證據

相關詞

resolve 決心；決定

範例

(1) The mystery was **resolved**.
這個謎被解決了

(2) He **resolved** that he would do it.
他決心做這件事

define 動 | 下定義；解釋

範例

01. Can you **define** what life is?
你可以為“人生”下定義嗎？

02. In order to understand your idea, you must **define** it clearly.
為了讓大家更瞭解你的想法，你必需將定義下的更清楚

03. The powers of the courts are **defined** by law.
法庭的權力是由法律規定的

04. The boundary is not clearly **defined**.
這邊界沒有明確的界線

05. Reason **defines** man.
理性是人的本性

definite 形 | 明確的；肯定的

範例

01. She made no **definite** answer.
她沒有做明確的答覆

02. We should make **definite** plans for our operation next year.
我們應該要為明年的營運做一個明確的計畫

03. It is **definite** she will be late again.
她肯定又會遲到

definition 名 | 定義

範例

01. It is very useful at times to give a precise **definition**.
有時提出一個明確的定義是非常有效的

02. The company must give a clear **definition** of its goals.
公司應對其宗旨作明確的規定

相關詞

distinct 清晰的；明確的

範例

(1) You should make your writing **distinct**.
你應該把字寫清楚一點

相關詞

plain 清楚的

範例

(1) The meaning of the sentence is very **plain**.
這句子的意思十分清楚的

desire 動 | 渴望；要求

範例

01. Everybody **desires** happiness.
每個人都渴望幸福

02. You work leaves nothing to be **desired**.
你的工作很令人感到滿意

03. She **desired** for us to leave soon.
她希望我們趕快離開

04. He has no **desire** to discuss the question.
他不想討論這個問題

05. I **desired** for him to come here soon.
我希望他能儘快來

desirous 形 | 渴望的

範例

01. He is **desirous** that I should go with him.
他希望我能跟他一起去

02. I am **desirous** that I succeed.
我渴望成功

03. We are all **desirous** of peace.
我們都渴望和平

相關詞

eager 渴望的；迫切的

範例

(1) He is **eager** to succeed.
他渴望成功

(2) He is **eager** to visit me.
他很迫切的想要拜訪我

(3) We are **eager** to get the approval.
我們很迫切的想得到核准

相關詞

yearning

範例

(1) She is **yearning** for her husband.
她思念著丈夫

相關詞

anxious 渴望的

範例

(1) I am **anxious** to go to Seattle.
我渴望能去西雅圖

(2) She is **anxious** for wealth.
她渴望富有

differ 動｜不同；相異

範例

01. I **differ** with you on this matter.
這件事我的意見與你不同

02. Our tastes **differ** from each other.
我們的嗜好不同

03. That's where we **differ**.
那就是我們分歧的地方

04. The twin brothers are alike in appearance but **differ** in disposition.
這對雙胞胎兄弟長的很像但性情大不同

05. Her answer **differs** from mine.
她的答案跟我的不一樣

difference 名｜相異；差別

範例

01. What's the **difference** between these products?
這些產品有什麼差別？

02. It will not make much **difference** whether you go today or tomorrow.
你今天或明天去都沒什麼差別

03. We have a **difference** of opinion.
我們意見不同

different 形 | 不同的

範例

01. They are totally **differant** with us.
他們和我們完全不同

02. That is quite a **different** matter.
那完全是兩回事

03. The life of man maybe viewed in many **different** ways.
人的一生可由不同的角度來看

differentiate 動 | 使有差別的

範例

01. It is important to **differentiate** between good and evil.
分清善惡是很重要的

02. It is wrong to **differentiate** between pupils according to their family backgrounds.
依照家庭背景區別學生是錯誤的

disaster 名 | 災難；徹底失敗

範例

01. The slightest mistake may lead to a fatal **disaster**.
最輕微的錯誤也有可能會造成很大的災難

02. We were all shocked by the **disaster**.
我們都被這場災難感到非常驚嚇

03. How did such a **disaster** come about when everything seemed all right?
一切看起來是如此平靜，怎麼會發生這樣的災難呢？

04. Our plan ended in **disaster**.
我們的計畫徹底失敗結束

disastrous 形 | 災害的；不幸的

範例

01. She was in a **disastrous** accident.
她曾遭受到不幸的意外

02. It was a **disastrous** mistake.
這是一個招禍的大錯誤

03. A **disastrous** big rain in the city caused loss of life and money.
一場災難性的大雨使這個城市造成了生命財產的損失

相關詞

calamity 災難

範例

(1) A great **calamity** happened to us.
一場大災難發生在我們身上

(2) The recent flooding in the north was a **calamity**.
最近北方的洪水是一場災難

(3) The less of his parents was a great **calamity**.
他失去雙親是巨大的不幸

相關詞

mishap 意外事故；災難

範例

(1) She arrived at home after many **mishaps**.
在發生許多的災難後她回到家了

(2) He met a slight **mishap** yesterday.
他昨天發生了一場小意外

(3) You could have avoided the **mishap** with a little care.
要是你小心一點就可以避免那場災難了

Note

Chapter
E
Chapter

effect 名 結果；效果
動 造成；實現

範例

01. Study the cause and **effect** of the matter.
研究事情的前因及後果

02. This medicine had no **effect** on him.
這藥對他沒效

03. The most pronounced physiological **effect** of alcohol is on the brain.
酒精對生理最顯著的影響主要是大腦

04. The **effect** speaks, the tongue needs not.
事實剩於雄辯

05. He **effected** several important changes.
他完成幾項改革

effective 形 有效的；生效的

範例

01. This medicine is **effective** against cancer.
這藥能有效的抗癌

02. The law is not yet **effective**.
這法律尚未生效

efficient 形 | 有效率的；有能力的

範例

01. There must be a more **efficient** way.
一定有更有效率的方法

02. She is an **efficient** lawyer.
她是一個能幹的律師

相關詞

cause 起因

範例

(1) The **cause** of the fire is not known.
火災的起因不明

(2) You have no **cause** to complain.
你沒有理由好抱怨的

(3) What **caused** the accident?
意外的原因是什麼？

(4) What **caused** her to do so?
什麼原因讓她這麼做？

(5) I'm afraid I'm **causing** you much trouble.
我怕我帶給你太多麻煩

eject 動 | 驅逐；噴出

範例

01. The guards **ejected** the drunken man from the building.
警衛把那個醉漢趕出這棟大樓

02. The police **ejected** the noisy group from the hotel.
警察把那群吵鬧的人逐出了旅館

03. He was **ejected** because he had not paid their rent.
他因未付房租而被趕出去

04. The volcano **ejected** destructive materials.
火山噴出摧毀性的物質

05. The chimney **ejects** smoke.
煙囪噴出煙來

相關詞

remove 移動；搬開；調動

範例

(1) The students **removed** several desks to another classroom.
學生把幾張桌子搬到另一間教室

(2) My mother **removed** the dishes from the table.
我媽把盤子從桌上拿開了

(3) He **removed** his coat.
他把外套脫了

(4) He was **removed** from the post.

他被免職了

(5) The corrupt official was **removed** from office.
那個貪瀆的官員被罷免了

相關詞

expel 驅逐；開除；噴出

範例

(1) They **expelled** the journalist from their country.
他們把這個記者驅逐出境

(2) He was **expelled** from school.
他被學校開除了

(3) Water is sucked in at one end and **expelled** at the other.
水從一端被吸進然後從另一端噴出來

emerge 動｜浮現；露出

範例

01. The submarine **emerged** from the sea.
潛水艇從海中浮出來

02. The sun **emerged** from behind a cloud.
太陽從雲層後面露出來

03. Nothing **emerged** from the bilateral talks.
雙邊會談沒有結果

emergency 名｜緊急狀況

範例

01. Open this door in case of **emergency**.
如有緊急需要時請打開這個門

02. The pilot announced that they were going to make an **emergency** landing.
飛機長宣佈要緊急迫降

03. Please call 911 in an **emergency**.
遇有緊急狀況請打119

相關詞

appear 出現

範例

(1) The moon **appeared** from behind the clouds.
月亮從雲層後面露出來

(2) It **appears** they are right.
看來他們是對的

(3) Gradually a smile **appeared** on her face.
她臉上漸漸地露出笑容

(4) He made a sudden **appearance**.
他突然出現

(5) He **appeared** to be talking to himself.
他似乎在自言自語

(6) Never judge by **appearance**.
勿以貌取人

相關詞

come out 出現

範例

(1) The moon **came out** from behind the clouds.
月亮從雲層後面露出來

(2) The cherry blossoms are **coming out**.
櫻花開了

endure 動｜忍耐；忍受

範例

01. He **endured** many hardships.
他忍受了許多困難

02. Her work will **endure** forever.
她的作品將永垂不朽

03. I could **endure** it no longer.
我再也無法忍受了

04. They vowed their love would **endure** forever.
他們誓言愛到永久

05. I can't **endure** to see you so discouraged.
我無法忍受看到你這樣沮喪

endurance 名｜忍耐；耐力

範例

01. The runner has great **endurance**.
賽跑者需要很大的耐力

02. He came to the end of his **endurance**.
他忍無可忍了

相關詞

bear 承受；忍耐

範例

(1) I can't **bear** this pain.
我無法承受這痛苦

(2) I can't **bear** to see you like this.
我不能忍受見到你如此

(3) She couldn't **bear** that her friends would laugh at her.
她無法忍受朋友們嘲笑她

相關詞

stand 忍耐

範例

(1) I can't **stand** it anymore.
我再也無法忍受了

(2) I can't **stand** that fellow.
我無法忍受那個傢伙

(3) How can you **stand** that?
你怎麼能受得了？

(4) Jason **stood** me up.
Jason 放我鴿子了

engage 動 從事於；忙於；吸引

範例

01. He is **engaged** in business.
他忙於生意

02. They were **engaged** in conversation.
他們忙於交談

03. The movie **engaged** my full attention.
這部電影把我完全吸引住了

04. She **engages** in the study of music.
她從事音樂研究

05. He is **engaged** in collecting good pictures.
他從事名畫的收集

engagement 名 約定；保證金；婚約

範例

01. I have a previous **engagement**.
我有預先約定

02. He has enough money to meet his **engagement**.
他的錢只夠付保證金

03. We invited many friends to our **engagement** party.
我們邀請了許多朋友參加我們的訂婚宴

04. I have an **engagement** with him this afternoon.
我今天下午跟他有約會

相關詞

commitment 託付；承諾

範例

(1) I didn't have to make such a **commitment** to them.
我沒有必要對他們做出那樣的承諾

(2) She **committed** her son to my care.
她把小孩託付我照顧

(3) We have made a **commitment** to pay our bills on time.
我們已經承諾準時付款

相關詞

promise 承諾

範例

(1) He always keeps his **promise**.
他總是信守承諾

(2) I **promise** you not to say that.
我答應你不會說

establish 動 | 設立；確立；證明

範例

01. Our company was **established** in 1975.
我們公司在1975年設立

02. He has **established** the theory.
他已經確立這個理論

03. The company has been **established** for ten years.
這公司已設立十年了

04. The new evidence **establishes** the suspect's guilt.
新證據證明嫌犯有罪

establishment 名 | 設立；企業；政府當局

範例

01. We used our savings for the **establishment** of the business.
我們把積蓄都拿來設立公司經商

02. Our company is a well-run **establishment**.
我們公司是經營良好的企業

03. The **Establishment** is trying to hide the truth.
政府當局想要掩飾真相

相關詞

set 設立；確定

範例

(1) The factory was **set** up five years ago.
這工廠五年前設立的

(2) She **set** the meeting at ten.
她安排了十點有一個會議

(3) You **set** us a good example.
你為我們設立了好榜樣

相關詞

institute 設立；學院

範例

(1) They **instituted** a new custom.
他們創立了一新例

(2) She studies at the commerce **institute**.
她在商學院就讀

exclude 動 | 排除在外；拒絕

範例

01. He was **excluded** from the team.
他被小組排除在外

02. They **excluded** him from membership.
他們拒絕他入會

03. The possibility of food poisoning has been **excluded**.
食物中毒的可能性已被排除

exclusive 形 | 排外的；獨一無二的

範例

01. It cost one hundred and fifty dollars, **exclusive** of postage.
這值一佰五十元但不包括郵資

02. The ticket charges $13,500, **exclusive** of tax.
這機票一萬三千五百元，但不含稅

03. We have the **exclusive** right to sell them.
我們擁有專賣權

04. The story was **exclusive**.
這篇故事是獨家的

05. This bathroom is for the President's **exclusive** use.
這間浴室是總統專用的

相關詞

reject 拒絕

範例

(1) They **rejected** her application.
他們拒絕她的申請書

(2) The plan was **rejected**.
這案子被拒絕了

(3) The board **rejected** all our ideas.
董事會拒絕了我們所有的想法

(4) The prisoner's plea for pardon was **rejected**.
這犯人的赦免請求被駁回

相關詞

eliminate 排除；消除

範例

(1) Our goal is to **eliminate** poverty.
我們的目標是排除貧窮

(2) She **eliminated** unnecessary words from the sentence.
她刪去這句子中不需要的字

expand 動 | 擴大；膨脹

範例

01. We are thinking of **expanding** our business.
我們正在思考要擴大經營

02. Heat **expands** metals.
熱使金屬膨脹

03. The eagle **expanded** its wings.
老鷹展翅

04. Tires **expand** when you pump air into them.
輪胎打氣後就會膨脹

05. Her face **expanded** in a smile.
她笑逐顏開

expansion 名 | 擴展；延伸

範例

01. The land is large enough to allow for house **expansion**.
土地很大可以允許房子擴展

02. The suburbs are an **expansion** from cities.
郊區是城市的延伸

03. The rulers used to have the desire for **expansion**.
統治者都有想要擴展領土的慾望

相關詞

extend 擴大；伸展

範例

(1) He **extended** his power.
他在擴大他的勢力範圍

(2) Can you **extend** your visit for a few days?
你們參訪的時間可以延長幾天嗎？

(3) The tourist season **extends** from May till November.
旅遊季節從五月延續到十一月

相關詞

spread 使伸展；使延伸

範例

(1) Their company's business is **spread** over the entire world.
他們公司的業務遍及全球

(2) I **spread** my arms as far apart as I could.
我盡可能的伸展雙臂

extent ㊔ | 範圍；寬度

範例

01. His behavior was beyond the **extent** of the law.
他的行為超越了法律範圍

02. He owns a farm of considerable **extent**.
他擁有一大片的農地

03. To a certain **extent**, I am responsible for the delay.
在一定程度上我對拖延負有責任

04. Standing on the top of the mountain, you can see the full **extent** of the forest.
站在山頂上你可以看到森林的全貌

extensive ㊕ | 廣大的

範例

01. They own **extensive** land by the beach.
他們擁有沙灘旁的遼闊土地

02. They had fairly **extensive** discussions
他們進行了相當廣泛的討論

03. He owns **extensive** land.
他擁有廣大的土地

04. The earthquake caused **extensive** damage.
地震造成巨大的損害

相關詞

magnitude 廣大；重要；光度

範例

(1) It is a matter of great **magnitude**.
這是一件很重要的事情

(2) It is difficult to imagine the **magnitude** of the universe.
宇宙的廣大很難想像

(3) Stars of the first **magnitude** are the brightest.
一級星的光度是最亮的

相關詞

spacious 寬敞的

範例

(1) We entered a **spacious** house.
我們進到一間寬敞的房子

相關詞

widely 廣泛的；遠遠的

範例

(1) Over the next year, he will travel **widely**.
接下來一年，他將四處旅行

(2) Customs vary **widely** from one area to another.
不同地區的風俗大大不同

Note

Chapter
F
Chapter

fair 形 | 公正的；晴朗的；相當的

範例

01. A judge must be **fair**.
法官必須是公正的

02. That's a **fair** comment.
那是公正的評價

03. The weather will be **fair** tomorrow.
明天天氣應該會是晴朗的

04. She got a **fair** share.
她拿到應得的

05. A **fair** face may hide a foul heart.
知人知面不知心

fairly 副 | 公平地；相當地；完全地

範例

01. The prisoners were treated **fairly**.
那些囚犯受到公平的待遇

02. She is a **fairly** good assistant.
她是一個相當好的助理

03. She was **fairly** beside herself with joy.
她簡直欣喜若狂

相關詞

justice 正義；裁判

範例

(1) **Justice** has long arms.
善有善報，惡有惡報

(2) Those that break the law are subjected to **justice**.
違法者皆應受法律制裁

(3) All men should be treated with **justice**.
人人都應受到公平待遇

相關詞

equitable 公平的

範例

(1) This is an **equitable** solution to the dispute.
這是對該項爭議的公平制裁

(2) Women have long been asking for the **equality** of the sexes.
女性長久以來一直要求能夠兩性平等

fear 動 害怕；畏懼 名 擔心；憂慮

範例

01. There was nothing to **fear**.
沒有什麼好畏懼

02. She drove slowly for the **fear** of causing accidents.
她怕出車禍所以開的很慢

03. She **fears** her children will catch a cold.
她擔心孩子們會感冒

04. I didn't call on you for the **fear** of disturbing you.
我怕打擾你所以沒去拜訪你

05. My worst **fears** were quickly realized
我最擔心的事很快就會成真了

06. For **fear** that he might make a mistake, he did not do anything.
為了怕做錯他什麼也不做

相關詞

dread 擔心；害怕

範例

(1) He **dreads** to see her again.
他很怕再見到她

(2) I **dread** going there alone.

我很怕一個人去那裏

(3) I suffer from a great **dread** of heights.
我患有懼高症

(4) A burnt child **dreads** fire.
一朝被蛇咬十年怕井繩

(5) He **dreads** going to the doctor.
他很怕看醫生

相關詞

afraid 害怕

範例

(1) I'm **afraid** I can't see you tomorrow.
恐怕我明天不能去看你

(2) I'm **afraid** your husband had an accident.
很遺憾你先生已經出了意外

(3) I'm **afraid** I cannot help you.
很抱歉我無法幫你

fidget 動 使不安；煩躁
名 擔心

範例

01. Don't **fidget**!
不要煩躁

02. What's **fidgeting** you?
什麼讓你不安？

03. She is always **fidgeting** about her finance.
她總是為財務狀況不安

04. He was in a **fidget**.
他忐忑不安

05. The long speech gave us the **fidgets**.
冗長的演說讓我們感到煩躁

fidgety 形 侷促不安的

範例

01. His mother is **fidgety** because he hasn't come home.
他的母親因為他還沒回家而感到不安

02. She is always **fidgety**.
她總是為小事操心

相關詞

fuss 小題大作

範例

(1) I don't want to make a **fuss** over such a trifle.
我不想為這種小事小題大作

(2) You don't need to **fuss**, there is no disgrace.
這沒有什麼丟臉的你不用大驚小怪

(3) Don't make a **fuss** about such a trifle.
別小題大作

相關詞

fret 焦慮不安的

範例

(1) It won't help to **fret** about the problem.
為這個問題發愁是無濟於事

(2) She gets in a **fret** whenever the bus is late.
只要巴士一遲到她就焦慮不安

(3) She will **fret** herself to death one of these days.
她總有一天會因焦慮而死的

force 名 力量；暴力；影響力 動 強迫；突破

範例

01. The moral **force** is on our side.
正義的力量在我們這一邊

02. They took the man away by **force**.
他們強制把那個人帶走

03. She used the **force** of public opinion.
她利用輿論的力量

04. He should not **force** his opinion on others.
他不應該強迫別人接受他的意見

05. The policemen **forced** the criminals to give up their arms.
警察迫使罪犯放下武器

06. He **forced** a smile.
他強顏歡笑

相關詞

compel 強迫

範例

(1) He **compelled** me to give up the plan.
他強迫我放棄那個計畫

(2) She was **compelled** by illness to give up her studies.
她因病被迫放棄學業

(3) He often **compelled** us to work ten or twelve hours a day.
他常常強迫我們每天工作十或十二小時

(4) I was **compelled** to resign.
我被迫辭職

相關詞

oblige 迫使；幫某人做事

範例

(1) I can't **oblige** you.
我無法照辦

(2) Please **oblige** me by closing the door.
麻煩幫我關上門

(3) I was **obliged** to abandon that idea.
我不得不放棄那個想法

相關詞

drive 驅動；逼迫

範例

(1) The machine is **driven** by solar power.
這機器是用太陽能驅動

(2) He **drove** her to admit it.
他逼迫她承認

(3) He was **driven** by necessity to steal.
他迫不得已而偷竊

formal 形 正式的；拘謹的；形式上的

範例

01. I got the **formal** invitation to the party.
我拿到了宴會的正式邀請函

02. I do not intend to make a **formal** address.
我不想發表正式演講

03. Her obedience is merely **formal**.
她的服從只是表面的

04. You don't need to be so **formal** with me.
你對我不必如此拘謹

05. In a court of law, a judge acts in a **formal** manner.
在法庭上，法官的舉止要合宜

06. They only maintained **formal** unity among themselves.
他們只在表面上保持一致

form 名 形式；表格；舉止；禮貌

範例

01. It is only a matter of **form**.
這只是形式上而已

02. It was a **form** of blackmail.
這是一種訛詐

03. We shook hands as a matter of **form**.
我們照例握手

04. It is good **form** to do so.
這麼做是有禮貌的

05. I need an application **form**.
我需要一份申請表格

相關詞

orderly 井然有序的；整齊的

範例

(1) The crowd left the city hall in an **orderly** way.
群衆井然有序的離開市政府

(2) Her desk drawers are always **orderly**.
她書桌的抽屜總是整齊的

(3) I gave an **orderly** answer to the boss' question.
我有條不紊的回答老闆的問題

相關詞

regular 固定的；正常的

範例

(1) He has got no **regular** job.
他沒有固定的工作

(2) She makes **regular** visits to her parents.
她定期看望父母

full 形 滿的；飽的；完全的；盡情的
副 直接地；完全地

範例

01. The room was **full** of people.
房間充滿了人

02. Don't speak with your mouth **full**.
嘴巴吃東西不要說話

03. I'm **full** up.
我吃飽了

04. He got a **full** mark.
他得到滿分

05. He got a **full** time job.
他得到全職的工作

06. The train was going at **full** speed.
火車全速行駛

07. He enjoyed himself to the **full**.
他盡情的享受

08. The blow struck him **full** in the face.
這一拳正好擊中他的臉部

09. The apples are **fully** ripe.
這些蘋果全都熟了

相關詞

fill 充滿；滿足

範例

(1) He **filled** the glass with water.
他把杯子裝滿水

(2) I was **filled** with horror when I read it.
當我讀這本書時我感到充滿了恐懼

(3) He ate his **fill**.
他吃的很飽

相關詞

cram 塞飽；擁擠

範例

(1) The boy **crammed** food down his throat.
這男孩把食物塞進喉嚨（狼吞虎嚥）

(2) There was such a **cram** in the church.
教堂裏擠滿了人

fund 名 | 資金；財源

範例

01. He has a **fund** of humor.
他富有幽默感

02. She is working in a private **fund** company.
她在一家私募基金公司

03. This money is the **fund** for research.
這筆錢是研究基金

04. They are raising **funds** for a new laboratory.
他們正在集資蓋一間新的研究室

05. Who is **funding** the project?
誰是這計畫的出資人？

fundamental 形 | 基本的

範例

01. It is the **fundamental** human right.
這是基本的人權

02. The **fundamental** aim of scholarship is to advance knowledge.
學問的根本目標在於增進知識

03. The **fundamental** cause of his success is his hard work.
他成功的基本原因是他工作努力

相關詞

resource 資源；財源

範例

(1) Taiwan is rich in natural **resources**.
台灣蘊含豐富的自然資源

(2) The exploitation of natural **resources** was hampered by the lack of technicians.
因缺少技術人員使得自然資源開發受阻

(3) They had to appeal to their last **resource**.
他們不得不訴諸最後手段

(4) He is a man of great **resource**.
他是一個足智多謀的人

相關詞

capital 資本

範例

(1) He used the money as **capital** for his business.
他把這筆錢用來做他生意的資本

(2) The corporation has enough **capital** to build another factory.
公司有足夠的錢再蓋一間廠房

Note

Chapter
G
Chapter

gas 名 | 氣體；煤氣；空談

範例

01. Air is a mixture of several **gases**.
空氣是數種氣體混和物

02. We have **gas** laid in.
我們家裝有天然瓦斯

03. **Gas** is now widely used for cooking and heating.
現在普遍用煤氣燒飯和取暖

04. I've run out of **gas**.
我車子沒油了

05. Is there a **gas** station nearby?
附近有加油站嗎？

06. Don't pay any attention what he said is all **gas**.
不要理他，他說的都是空談

07. Chatting with friends is **gas**.
與朋友聊天是一件很愉快的事

相關詞

gasoline 汽油

範例

(1) This car runs 20 miles on a gallon of **gasoline**.
這台車一加倫可以跑20英哩

相關詞

vapor 水氣；煙霧；空幻

範例

(1) When water is heated, it changes into **vapor**.
當水被加熱就變成蒸氣

(2) A cloud is a mass of **vapor** in the sky.
雲是天空中的一團水氣

(3) What amazing **vapors** a lonely man may get into his head.
一個寂寞的人腦子裏會產生令人驚異的幻想

相關詞

fume 煙；怒氣

範例

(1) The candle is **fuming**.
蠟燭正在冒煙

(2) Tobacco **fumes** filled the air in the room.
房間的空氣中充滿了煙霧

(3) He was really **fuming**.
他確實憤怒極了

gate 名｜大門；登機門

範例

01. The gates of the office open at seven.
辦公室的大門在七點鐘開

02. I will wait for you at the gate.
我在大門口等你

03. Our flight is boarding at gate number three.
我們的航班在三號登機門

04. There was a gate of thousands.
有數千位觀眾

05. Diligence is the gate to success.
勤奮是邁向成功之路

相關詞

gateway 通道；途徑

範例

(1) Hard work is the gateway to success.
勤奮乃成功之徑

相關詞

fence 籬；圍牆

範例

(1) I helped him fence his garden.

我幫他用籬笆把花園圍起來

(2) He set up **fences** around the farm.
他在農場四周圍起籬笆

(3) The king was **fenced** by a group of bodyguards.
國王由一群衛兵簇擁圍護著

相關詞

barrier 柵欄；障礙；壁壘

範例

(1) She has a language **barrier**.
她有語言障礙

(2) He was stopped at the **barrier**.
他在柵欄門口被攔住了

相關詞

blockade 封鎖；阻止

範例

(1) The policemen **blockaded** the road.
警察封鎖了這條路

(2) The river **blockaded** the spread of the bushfire.
那條河阻止了森林大火的蔓延

general 形 全體的；一般的；普遍的

名 將軍

範例

01. The **general** effects of physical training is better health and longer life.
體能訓練的概括成果是增進健康並延年益壽

02. This is a **general** book.
這是一本通俗的書

03. It is a matter of **general** anxiety.
這是一個大家都擔憂的問題

04. In **general**, this plan is working.
大致而言，這計畫是可行的

05. He was a great **general**.
他從前是個偉大的將軍

generally 副 普通；一般地

範例

01. **Generally** speaking, most women can do the same work as men.
一般而言，大部份女人能做與男人相同的工作

02. She **generally** drives a car to the office.
她一般都是開車去辦公室

03. The fact is not **generally** known.
這事實並不廣為人知

相關詞

common 一般的；共有的

範例

(1) It's **common** sense.
這是一般的常識

(2) **Common** interests bind us together.
共同利益使我們結合在一起

相關詞

usual 通常的；平常的

範例

(1) I **usually** take the MRT to go to work
我通常是搭捷運去上班

(2) He came home later than **usual**.
他比平常晚回家

(3) We will meet at the **usual** time and place.
我們會在老時間和老地方見面

generate 動 | 產生；引發

範例

01. A dynamo is used to **generate** electricity.
發電機用於發電

02. Investment **generates** higher incomes.
投資帶來更高的收入

generation 名 | 產生；世代

範例

01. The waterfall can be used for the **generation** of electricity.
這瀑布可用以發電

02. The antiques have been handed down to them from one **generation** to another.
這些古董世代相傳到了他們手裡

03. Do you know when the first **generation** computers became obsolete?
你知道第一代電腦是什麼時候被淘汰的？

相關詞

originate 發源；來自；產生

範例

(1) He **originated** a new filing system in order to work more efficiently.
他發明了一套新的歸檔系統以幫助工作更有效率

(2) The fire **originated** in his room.
起火點是在他的房間

(3) The industrial revolution **originated** at the invention of the steam engine.
工業革命始於蒸汽機的發明

(4) Their estrangement **originated** from a misunderstanding.
他們的隔閡是由誤會而起

(5) The use of the computer has **originated** many other reforms.
電腦的應用引起了其他許多的革新

相關詞

emanate 源自；散發

範例

(1) Do you know where these rumors **emanated** from?
你知道這些謠言源自哪？

(2) She **emanates** concern.
她散發出關懷

go 動 | 走；離去；出賣

範例

01. I think I must be **going** now.
我想我必需走了

02. All the preparations have been completed, so we are ready to **go**.
一切都準備就緒了，我們隨時可以走了

03. The painting **goes** to the highest bidder.
這幅畫賣給出價最高的人

04. The clock **goes** “tick-tick”.
這時鐘發出“嗒！嗒！”的聲音

05. The valley **goes** from west to east.
山谷由西往東延伸

06. The colour of this paint doesn't **go**.
這漆的顏色不適合

07. This luggage won't **go** in the car.
行李放不進車子

08. To whom did the money **go** when the man dies?
這人死後財產歸誰？

相關詞

Go ahead 不猶豫的做

範例

(1) Please **go ahead** with your business.
請去做吧

相關詞

go back on 違背承諾

範例

(1) He is not the sort of man who would **go back on** his word.
他不是那種會違背承諾的人

相關詞

go in for 樂衷於

範例

(1) She **goes in for** swimming.
她樂衷於游泳

相關詞

go off 離去

範例

(1) She **went off** with the luggage.
她帶著行李走了

good 形 | 好的；親切的；善的

範例

01. She is a girl of **good** family.
她系出名門

02. It was **good** of you to help me.
謝謝你的幫忙

03. He is a **good** man for the position.
他是適合這個職務的

04. We all had a very **good** time.
我們都有一段非常美好的時光

05. She is very **good** in languages.
她在語言方面非常精通

06. Could you please get some **good** eggs for me?
可以幫我買一些新鮮的蛋嗎？

07. This meat is not very **good**.
這肉不新鮮了

08. These medicine will do you **good**.
這些藥對你是有益的

09. This ticket is **good** for one month.
這張票一個月有效

10. She left Taipei for **good**.
她離開台北不回來了

相關詞

as good as 幾乎

範例

(1) He was **as good as** dead.
他幾乎跟死了一樣

相關詞

be no good 無益

範例

(1) It **is no good** trying to open the door.
就算嘗試打開那扇門也沒有用

相關詞

a good many 很多的

範例

(1) I got **a good many** gifts this year.
今年我收到很多的禮物

goods 名 | 商品

範例

01. Our **goods** will be delivered to you today.
我們的商品今天會運送給你

02. She buys and sells canned **goods**.
她是做罐頭類商品買賣

03. I have to go to the **goods** station in the afternoon.
我下午必須去一趟貨物車站

04. Half his **goods** have been stolen.
他有一半的財產被偷走了

05. Our neighbors sold their household **goods** before they moved out.
我們的鄰居在搬家前把家用品先賣掉

相關詞

merchandise 商品

範例

(1) He deals in general **merchandise**.
他經營一般雜貨的買賣

(2) The shop windows are filled with foreign **merchandise**.
商店櫥窗裏擺滿了國外的商品

(3) If this new product is properly **merchandised**, it should sell.
這一個新產品如果促銷得當，應該是會很暢銷的

相關詞

wares 商品

範例

(1) The store displays its **wares** in the window.
商店把各種物品陳列在櫥窗內

(2) Peddlers cried their **wares** in the streets.
小販沿街叫賣貨物

(3) The shop sells a great variety of fruits **wares**.
這商店賣各種不同的水果商品

相關詞

commodity 商品

範例

(1) In Taiwan bananas is an important **commodity** for export.
香蕉是台灣的一項重要出口商品

(2) Prices of **commodity** are rising rapidly.
物價迅速上升

grant 動 | 認同；承諾；授予

範例

01. He **granted** me my request.
他答應了我的要求

02. I **grant** that your excuse is reasonable
我認為你的辯解是合理的

03. The firm **granted** him a pension.
公司同意給他一筆退休金

04. **Granting** you are telling the truth, can you prove it?
如果你說的是事實，你可以證明嗎？

05. Are you ready to **grant** that I was right?
你準備好去承認我是對的嗎？

06. My mother **granted** me permission to stay overnight.
我母親允許我在這過夜

07. I had to **grant** that I was wrong.
我必須承認我錯了

08. Foreign students receive **grant** from the government.
外國學生可以得到政府的助學金

相關詞

take ... for granted 視⋯為理所當然

範例

I **took** it **for granted** that he understand me.
我認為他瞭解我是理所當然的

相關詞

bestow 免費贈與

範例

(1) He **bestowed** the highest honor on the man.
他給那個人最高的榮譽

(2) I hardly deserve the praises that were **bestowed** upon me.
我承當不起這樣的誇獎

(3) My friend **bestowed** me for the night.
我朋友留我過夜

相關詞

donate 捐贈

範例

(1) He **donated** the money to the public school.
他捐了一筆錢給這所公立學校

(2) She **donated** her books to the library.
她把自己的書捐給圖書館

grasp 動 抓牢；緊抱；抓 名 理解；理會；控制

範例

01. I **grasped** his arm.
我抓住他的手臂

02. He **grasped** at the rope.
他抓住了繩子

03. She will **grasp** at anything that might help her achieve fame.
她會搶著做任何可以有助於她成功的事情

04. I don't **grasp** your meaning.
我不懂你的意思

05. I could hardly **grasp** his meaning.
我幾乎無法瞭解他的意思

06. A person who **grasps** at too much may lose everything.
貪得無厭的人最後往往是一無所有

07. Her ideas are beyond my **grasp**.
她的想法我無法瞭解

08. He is in the **grasp** of a wicked man.
他受到壞人的控制

相關詞

seize 抓住；恐懼；了解

範例

(1) He **seized** me by the arm.
他抓住了我的手臂

(2) She was **seized** with terror.
她突然感到恐懼

(3) He was **seized** with the idea of coming home.
他突然很想回家

(4) I can't **seize** your meaning.
我不懂你的意思

(5) I failed to **seize** the opportunity.
我沒抓住機會

相關詞

clutch 緊抓；支配力；離合器

範例

(1) A drowning man will **clutch** at a straw.
一個快溺死的人連一根稻草也要緊抓

(2) They were in the **clutches** of the enemy.
他們落入敵人的手掌中

(3) Take your foot off the **clutch** after changing gears.
換檔之後，腳要放開離合器

grateful 形 | 感謝的；感激的

範例

01. I'm **grateful** to you for your kindness.
我很感謝你的仁慈

02. I'm very **grateful** to you for your help.
我非常感激你的幫助

03. They sent us a **grateful** letter.
他們寄給我們一封感謝函

04. My mother was **gratified** with my school record.
我母親對我學校成績很滿意

05. She was **grateful** to me for all that I had done.
她感激我為她所做的一切

06. A breeze is **grateful** on a hot day.
清風在這熱天裏是很討人喜歡

gratify 動 | 使滿足

範例

01. I was **gratified** with the results.
我對結果感到滿意

02. She acted so out of **gratitude**.
她是出於感激而這麼做

gratitude 名 | 感謝

範例

01. I wish to express my **gratitude** to you for your cooperation.
我希望能對你的合作表示謝意

相關詞

appreciate 感激

範例

(1) I deeply **appreciate** your kindness.
我非常感激你的盛情

(2) You are very kind and I **appreciate** it.
我非常感激你的仁慈

相關詞

thankful 感激

範例

(1) I was **thankful** for his help.
我感謝他的幫助

grim 形 | 嚴厲的；果斷的；殘酷的

範例

01. The judge looked **grim**.
這法官看起來很嚴厲

02. She had a **grim** look on her face.
她臉上露出冷酷的表情

03. We climbed to the top of the mountain with **grim** determination.
我們懷著堅強的決心爬上山頂

04. They had a **grim** struggle before we won.
我們經歷了一段競爭才贏得勝利

grimace 名 | 面部掙獰；鬼臉

範例

01. She has a **grimace** caused by pain.
她因為疼痛而面部掙獰

02. The boy makes **grimaces** to her.
這男孩對她扮鬼臉

03. She made a **grimace** after she had tasted the Whiskey.
她嘗了一口威士忌後做了個鬼臉

04. The acrobat **grimaced** at the children during the circus performance.
那個雜耍藝人在馬戲表演時對孩子們扮了鬼臉

相關詞

stern 嚴格的；苛刻的

範例

(1) He is a very **stern** teacher.
他是很嚴格的老師

(2) **Stern** discipline did not achieve the desired result.
嚴厲的紀律沒有得到期望的結果

(3) He made a **stern** resolve to win.
他下定決心一定要贏

相關詞

cruel 殘酷的；殘忍的

範例

(1) It was a **cruel** lesson.
那是一個慘痛的教訓

(2) The death of their beloved son was a **cruel** blow.
他們因為愛子的死而深受打擊

grip 動 握住；引人注意
名 揪住；理解力

範例

01. The frightened girl **gripped** her mother's hand.
這個受驚嚇的女孩緊緊抓住她母親

02. The conversation **gripped** her attention.
那段談話吸引了她的注意

03. He **gripped** my hand in fear.
他恐懼的抓住我的手

04. His performance **gripped** the audience.
他的表演深深地吸引住觀衆

05. He lost his **grip** on the rope.
他滑掉了握住的繩索

06. He has a good **grip** on the situation.
他的態度非常明確

07. He has the power in his **grip**.
他掌握了大權

08. Those two men come to **grips**.
這兩個男人扭打起來

gripe 動 | 絞痛；怨言

範例

01. I was badly **griped**.
我疼痛難耐

02. The waitress **griped** about the small tip.
這服務生抱怨小費太少

相關詞

hold 握著；佔據；掌握

範例

(1) She **held** a knife in her hand.
她手上握著一把刀

(2) He was able to **hold** back his anger and avoid a fight.
他忍住了怒氣避免一場鬥毆

(3) His decision still **holds**.
他的決定仍然有效

(4) He's got a good **hold** of his subject.
他在他的主科方面掌握的很好

guarantee 動 保證；擔保

名 保證書；擔保品

範例

01. The company **guarantees** against all defects in its products.
這公司保證他們產品絕對沒有瑕疵

02. The policy **guarantees** us against all loss.
這種保險契約保障我們免受任何損失

03. Perfect satisfaction is **guaranteed** to our customers.
保證我們的客戶滿意

04. They offered their house as a **guarantee**.
他們以房子做擔保

05. A bright sky in the morning is not a **guarantee** of fine weather for the rest of the day.
晴朗的早晨不保證整天都會是好天氣

06. The refrigerator set has a three-year **guarantee**.
這台冰箱有三年的保證期

07. A diploma of master degree is no **guarantee** of efficiency.
持有碩士文憑不保證工作效率一定高

08. You have my **guarantee** that I'll finish the job on time.
我向你保證會準時完成工作

相關詞

promise 承諾

範例

(1) He **promised** to help us.
他承諾會幫助我們

(2) I **promise** you not to say that.
我承諾你我不會說出去

(3) I **promised** myself that I would not do such a thing again.
我對自己承諾我不會再犯同樣的錯

(4) It **promises** to be fine tomorrow.
明天有希望是好天氣

(5) Give me your **promise** that you will never be late again.
答應我你絕不再遲到了

相關詞

secure 安全的；無慮的

範例

(1) You have made me feel **secured**.
你使我覺得安心

(2) Our success is **secured**.
我們的成功是有把握的

Note

Chapter

H

Chapter

halt 動 停止；終止
名 停止；暫停

範例

01. The officer **halted** the troops for a rest.
軍官命令軍隊停止前進，稍做休息

02. The students **halted** for a few minutes.
學生們停了幾分鐘

03. The car came to a **halt**.
車子停了下來

04. The officer called a **halt**.
軍官呼令立定

05. Production has come to a **halt** owing to the lack of raw material.
因為原料短缺所以生產已陷入停頓

相關詞

rest 休息

範例

(1) The power failure brought the refrigerator to a **rest**.
停電使得冰箱停止運轉

(2) Let's have a **rest** from work.
讓我們停工休息一下吧

(3) You need sufficient **rest**.

你需要足夠的休息

(4) The ball **rested** on the grass.
球停在草地上

(5) He **rested** his chin on his hands.
他把下巴支在手上

相關詞

stop 停止

範例

(1) The bus goes through the station without a **stop**.
巴士過站不停

(2) The train came to a **stop**.
火車進站了

(3) He **stopped** to talk.
他停下來說話

(4) He tried his best to **stop** the reform.
他盡了最大的努力去阻止這項改革

(5) He **stopped** talking.
他停止講話了

haste 名 | 急於；匆忙

範例

01. Make **haste**!
快一點

02. More **haste**, less speed.
欲速則不達

03. **Haste** makes waste.
忙中有錯

04. In my **haste** I forgot to lock the door.
匆忙中我忘了鎖門

hasten 動 | 趕緊；加速；催促

範例

01. I **hastened** home to tell my family the good news.
我趕緊回家告訴家人這個好消息

02. He **hastened** to the bank.
他匆忙趕去銀行

03. Warm weather and showers **hastened** the growth of the plants.
溫暖的天氣和陣雨加速了植物的生長

04. I **hasten** him to go to school.
我催他快去學校

05. He **hastened** to apologize.
他趕緊道歉

hasty 形 | 急忙的；草率的；易怒的

範例

01. We had a **hasty** meal and then left.
我們匆忙的吃完飯後就離開了

02. Her **hasty** decision was a mistake.
她倉促的決定是錯誤

03. He is a **hasty** old colonel.
他是一個壞脾氣的老上校

相關詞

hurry 急忙

範例

(1) He **hurried** back from New York.
他從紐約急忙趕回來

(2) We **hurried** to the station.
我們急忙趕到車站

(3) The sick child was **hurried** to the hospital.
生病的小孩被緊急的送往醫院

hear 動 聽；傾聽；聽說；聽力；聽取；審理

範例

01. Sorry, I can't **hear** you.
很抱歉，我聽不到你說什麼

02. I can **hear** someone knocking.
我聽到有人敲門

03. We want to **hear** his explanation.
我們要聽聽他的解釋

04. I have **heard** the news.
我已經聽到這消息了

05. He doesn't **hear** well.
他的聽力不好

06. I'll be glad to **hear** your opinion of them.
我將樂於聽取你對他們的看法

07. A woman judge **heard** the case.
一位女法官審理了這一案件

相關詞

hear of 聽說

範例

(1) I have never **heard of** it.
我從沒聽說過這件事

相關詞

hear from 聽到消息

範例

(1) I have **heard** nothing **from** him
我沒有聽到他的消息

相關詞

hear out 聽完

範例

(1) Don't judge me before I have finished what I have to say, **hear** me **out**.
聽我說完，在我話未說完之前請不要評斷

相關詞

will not hear of it 不予考慮

範例

(1) I **won't hear of** such a thing!
我不考慮這件事

heavy 形 沉重的；激烈的；難以消化的；陰沉的

範例

01. The box is too **heavy** for him
這盒子對他來說太重了

02. We had a **heavy** rainfall.
我們這下了一場大雨

03. I heard her **heavy** steps on the stairs.
我聽到她在樓梯上的沉重的腳步聲

04. I am used to **heavy** work.
我習慣這種粗活

05. **Heavy** food is hard to digest.
粗膩的食物很難消化

06. He went home with a **heavy** heart.
他懷著沉重的心情回到了家

07. The girl's eyes are **heavy** with sleep.
這女孩的眼皮睡意濃重

08. She looked at the **heavy** sky and sighed.
她看著陰沉沉的天空嘆了一口氣

09. The car is **heavy** on oil.
這輛車子耗油量很大

10. He was a really **heavy** rock star.
他是很有深度的搖滾歌手

11. They have a really **heavy** relationship.
他們之間是很重要的關係

相關詞

weighty 沉重的

範例

(1) She seemed to have something **weighty** on her mind.
她好像心事重重的樣子

(2) Let us turn to less **weighty** matters.
讓我們換個話題不要談這麼嚴重的事情

相關詞

burden 負荷

範例

(1) She left relieved of the **burden**.
她放下了重擔鬆了一口氣

(2) He **burdened** the car with a load.
他將貨物裝在車上

hit 動 打；碰撞；擊中；侵襲
名 襲擊

範例

01. The ball **hit** him on the head.
這顆球擊中了他的頭

02. He **hit** his head against the wall.
他用頭去撞牆

03. The ship **hit** a rock and wrecked.
這船觸礁而撞毀了

04. The New Taiwan dollar **hit** an all-time high last week on the money market.
新台幣上週在貨幣市場上達到歷史最高點

05. The typhoon will **hit** Taiwan.
颱風即將襲擊台灣

06. I **hit** upon a good idea.
我忽然想到一個好主意

07. His father **hit** the nail on the head when he said that his chief fault was vanity.
他父親說他最大的弱點是愛慕虛榮時，真是一箭穿心

08. It was a chance **hit**.
那是僥倖擊中的

09. They could not **hit** a real target.
他們達不到一個真正的目標

10. Just then I **hit** upon a great idea.
就在那一刻我想到一個很棒的想法

11. The new play is the **hit** of the season.
這齣新戲是本季最叫座的

12. That joke was a nasty **hit** at me.
那笑話是對我人生攻擊

相關詞

strike 擊；攻擊

範例

(1) She **struck** him with a stick.
她用棍子打他

(2) He was **struck** by lightning.
他被閃電擊中

(3) The car **struck** the telephone booth.
汽車撞到電話亭

相關詞

slap 打擊；拍打

範例

(1) Those remarks were taken as a direct **slap** at the existing government's policy.
那些話被視為對政府政策的一記耳光

(2) The waves **slapped** against the jetty.
海浪拍打著堤防

hollow

形 空心的；凹陷的；空洞的

名 洞穴

動 挖

範例

01. This is a **hollow** tree.
這是一棵空心的樹

02. These candies are all **hollow**.
這些糖果都是空心的

03. She has **hollow** cheeks.
她兩頰是凹陷的

04. We heard a **hollow** boom of thunder.
我們聽到低沉的隆隆雷聲

05. His speech rang **hollow**.
他的演講很空洞

06. We filled the **hollow** in the drive.
我們把車道的洞填平了

07. I **hollowed** out a log.
我把一棵木頭挖空

08. The boy **hollowed** out a small dip in the ground.
那男孩在地上挖了個小洞

相關詞

empty 空無的；虛無的；空虛的；掏空；

範例

(1) The streets were almost **empty** after sunset.
太陽下山後街上幾乎空無一人

(2) His words are **empty** of sincerity.
他的話一點誠意都沒有

(3) He didn't want to retire and lead an **empty** life.
他不想退休並過著空虛的生活

(4) The mother made the boy **empty** out his pocket.
那媽媽要男孩把口袋中的東西都掏出來

(5) I **emptied** out all my pockets onto the table.
我把口袋裏的東西都拿出來放在桌上

相關詞

vacant 空著的

範例

(1) The position remains **vacant**.
這職位仍空著

(2) A **vacant** apartment in Taipei city is very difficult to find.
在台北市內很難找到空著無人住的公寓

hustle 動 振作；趕快；擠；被迫 名 熱鬧熙嚷

範例

01. I have to **hustle**.
我必須振作起來

02. We can get there in time if we **hustle**.
如果我們快一點我們可以準時到那兒

03. He **hustled** off to catch the train for Taichung.
他匆忙地去趕火車到台中

04. The crowd **hustled** into the building.
群眾們紛紛擠進大樓中

05. He tried to **hustle** along through the crowd, but in vain.
他試圖擠過人群穿進去，但是卻過不去

06. He had to **hustle** to make money to support his large family.
他必須拼命工作賺錢以供養他的大家族

07. I don't want to **hustle** you into a decision.
我不想催你下決定

08. He **hustled** the customers into buying more drinks.
他強迫客人買多一點酒

09. He often **hustles** on the streets to pay for drugs.
他常在街上行騙只為了要弄到錢買毒品

10. I wish to escape from the **hustle** and bustle of the city.
我希望能逃離這城市的塵囂

相關詞

hustler 精力旺盛；騙子

範例

(1) My sister is a **hustler** in her office.
我姐姐在辦公室是一個精力旺盛的人

(2) She paid thousands of dollars to that **hustler**.
他被那個騙子騙了幾千元

相關詞

rush 催促；急忙：繁忙

範例

(1) His mother **rushed** him.
他媽催促他

(2) They **rushed** the injured boy to the hospital.
他們急忙把受傷的男孩送到醫院

(3) It is the **rush** hour.
現在是巔峰時間

(4) I must **rush** this work.
我必須趕快完成這工作

Note

Chapter
I
Chapter

idle 形 怠惰的；空閒的
動 浪費；虛渡

範例

01. He is an **idle** student.
他是一個懶惰的學生

02. Don't listen to **idle** tales.
不要聽無益的閒話

03. They didn't want to live **idle** lives.
他們不想過閒散的生活

04. Spring makes everyone feel **idle**.
春天使每個人都懶洋洋的

05. He is **idle** because he is out of work.
他失業了所以閒閒沒事

06. It would be **idle** to try to make him change his mind.
想使他改變主意是徒勞無功

07. They **idled** before the coffee shop.
他們在咖啡館前閒晃

08. I **idled** away my time.
我浪費了我的時間

09. The car engine is **idling**.
汽車引擎在空轉

10. He is an **idle** compliment.
他是虛情假意的人

相關詞

inactive 怠惰的；不活動的

範例

(1) Don't lead an **inactive** life.
不要過著怠惰的生活

(2) He is an **inactive** member of the club.
他是個不積極參家活動的會員

(3) Bears are **inactive** during the winter.
熊在冬天變得懶散

(4) It is an **inactive** machine.
這是一台閒置的機器

相關詞

lazy 倦怠的；緩慢的

範例

(1) The weather is **lazy**.
這天氣使人無精打采

(2) A **lazy** stream winds through the meadow.
一條緩慢流動的溪水，蜿蜒曲折流經草地

immediate 形 即刻的；當前的；直接的

範例

01. He took **immediate** action.
他立即採取了行動

02. She made no **immediate** answer.
她沒有立即回信

03. We must do something to meet the refugees' **immediate** needs.
我們必須設法滿足難民當下的需求

04. Our **immediate** concern was to prevent the fire from spreading to other buildings.
我們當務之急是要阻止火勢漫延向其它建築物

05. The problem of avoiding a nuclear war is **immediate**.
避免核武戰是我們當務之急

06. Do you know there is a gas station in the **immediate** area?
你知道附近有加油站嗎？

07. The evidence has no **immediate** bearing on the case.
這個證據與本案無直接關係

08. She formed definite plans about her **immediate** future.
她對於不久的將來明確的列出了計畫

相關詞

right 立刻；直接

範例

(1) You should go **right** now.
你應該立刻去

(2) I will be **right** back.
我馬上就回來

(3) He dashed to the station **right** away.
他馬上趕到車站

(4) Go **right** to the end of this street and then turn left.
一直走到這條街的盡頭，然後左轉

相關詞

just 正好

範例

(1) That's **just** what I think.
正好是我想的

(2) He **just** left.
他剛離開

impatient ㊔ 不耐煩的；急於的；暴躁的

範例

01. She was **impatient** with the children.
她對孩子們感到不耐煩的

02. He was very **impatient** with students who could not follow him.
他對聽不懂他講課的學生感到很不耐煩

03. He was **impatient** to learn the news.
他急於的想知道這個消息

04. She has an **impatient** temper.
她有暴躁的脾氣

相關詞

restless 不安的

範例

(1) She passed a **restless** night.
她渡過一個不安的夜晚

(2) As it was late he grew **restless**.
天色已晚，他變得焦躁不安

相關詞

anxious 焦慮不安的

範例

(1) He is **anxious** about my health.
他對我的健康很擔心

(2) The week of the flood was an **anxious** time for all of us.
鬧水災的那一星期使我們大家都焦慮不安

相關詞

nervous 緊張不安的

範例

(1) She got **nervous** on the stage.
她在台上很緊張

(2) He had a **nervous** breakdown after having failed in business
他在生意失敗後就精神崩潰了

相關詞

upset 心煩意亂

範例

(1) Losing the necklace **upset** her completely.
遺失了項鍊使她心煩意亂

(2) She was **upset** at the news.
聽到那消息她感到很不安

important 形 | 重要的；顯要的

範例

01. The work is very **important**.
這工作很重要

02. It is **important** to see that everything goes well.
重要的是確保一切順利

03. Learning to communicate is **important**.
學習溝通是很重要的

04. He is a very **important** person.
他是很重要的人物

05. She is an **important** official in the government.
她是政府要務官

06. He has an **important** air about him.
他顯得盛氣凌人

importance 名 重要；重要人物；自大

範例

01. It's a matter of great **importance**.
這是非常重要的事

02. I would stress the **importance** of mathematics to the whole of science.
我要強調數學對整個科學的重要性

03. He is a man of **importance**.
他是非常重要的人物

04. We should emphasize the **importance** of studying Chinese.
我們應該強調研究中文的重要性

05. In this case, what of **importance** is that the poor girl should have a meal.
在此狀況下最重要的是給那可憐的女孩一些食物

相關詞

major 重要的；主修

範例

(1) She is a **major** writer.
她是重要的作家

(2) My **major** was accounting in college.
我在大學主修是會計學

impose 動 | 課稅；強制；利用

範例

01. They **imposed** a fine tax on him.
他們向他課稅

02. The government **imposed** a heavy tax on luxury goods.
政府對奢侈品課以重稅

03. She **imposed** her opinion on him.
她強迫他接受他的意見

04. The present trouble was **imposed** on him.
目前的困難是強加在他身上的

05. You have **imposed** on his good nature.
你利用他的忠厚

06. He knew he was **imposed** on.
他知道自己上了當

相關詞

tax 課徵稅收；受壓

範例

(1) A government can **tax** its citizens directly, and can also tax the properties they own.
政府可以直接向公民課稅，也可以對他們的財產課稅

(2) Reading in a poor light **taxes** the eye.
在光線不好的地方看書會使眼壓過高

相關詞

burden 重負

範例

(1) The government **burdened** the nation with heavy taxes.
政府使國民負擔重稅

(2) He was **burdened** with a large bundle of magazines.
他吃力的捧著一大疊雜誌

相關詞

strain 盡力；緊拉；負擔

範例

(1) He **strained** to finish the work in a week.
他拼命努力，想在一週內完成工作

(2) He **strained** at the rope and the boat moved.
他拉緊繩索船隨著動了

(3) He is suffering from **strain**.
沉重的負擔讓他很痛苦

impress 動 印象深刻；使感動；刻記號

範例

01. The movie **impressed** me very much.
這部電影令我印象深刻

02. I was very **impressed** by his smile.
他的笑容讓我印象非常深刻

03. The driver **impressed** me most unfavorably.
這司機給我的印象極差

04. He **impressed** me with its importance.
他使我深切的瞭解它的重要性

05. My father **impressed** on me the importance of hard work.
我父親要我牢記努力工作的重要性

06. He **impressed** a mark on the plate.
他在這板子上刻下記號

07. I was deeply **impressed** by his speech.
我被他的演講深深的感動

impression 名 印象深刻；記憶；印痕

範例

01. The movie made little **impression** on me.
這部電影給我的印象不深

02. The new coach made a good **impression** on the team members.
這新的教練給隊員留下了一個好印象

03. I have the **impression** that I've seen that man before.
我印象中我以前見過那個人

04. I have vague **impression** that I left it on the bus.
我好像隱約中記得我把它留在巴士上了

05. He made an **impression** of the old inscription in the park.
他將公園中的老碑文拓印下來

06. My advice seemed to make little **impression** on him.
我的忠告似乎對他沒有什麼效果

impressive 形 | 予人印象深刻

範例

01. He made an **impressive** speech.
他舉辦了一場令人印象深刻的演講

02. The cathedral is an **impressive** building.
大教堂是能給人留下深刻印象的建築物

incident 名 | 事件；事變

範例

01. Strange **incidents** happened successively.
奇怪的事件連續的發生

02. He resolved never to tell anyone about the **incident**.
他決定永遠不跟任何人談這件事

03. There are many bad things that are **incidental** to human society.
有很多附隨的罪惡會在人類社會中產生

相關詞

event 事件；項目

範例

(1) This is one of the chief **events** of this year.
這是今年的幾件大事之一

(2) Winning the scholarship was a great **event** in the boy's life.
贏得這項獎學金是這個男孩一生中的一件大事

相關詞

occasion 時機；起因

範例

(1) This is a good **occasion** to congratulate him.
這是道賀他的好時機

(2) He seized the **occasion** to invite her home for dinner.
他抓住機會邀請她回家裏吃飯

相關詞

matter 事件

範例

(1) It was a **matter** of life and death for them.
這件事對他們來說攸關生死

(2) That will make **matter** worse.
那只會讓事情變得更糟

include 動 | 包含

範例

01. The price **includes** the tax.
這價錢含稅

02. The price **includes** both the house and furniture.
這價錢包含房子和傢俱

03. The list **includes** my name.
這清單包含我的名字

04. You are **included** among my friends.
你是我的朋友之一

05. These insects **include** some of the greatest enemies of the human race.
在這些昆蟲中包括幾種人類最大的害蟲在內

相關詞

comprise 包含；由…組成的

範例

(1) The cake is **comprised** of many ingredients.
這個蛋糕是由許多原料所組成的

(2) The committee **comprises** three women and five men.
這個委員會包含了三個女士和五個男士

(3) The medical team **comprises** three doctors and two nurses.
醫療團隊是由三名醫生和兩名護士組成

相關詞

involve 牽涉；捲入

範例

(1) I'm not **involved** in this matter.
我沒有捲入這件事

(2) Don't **involve** me in your quarrel.
不要把我牽扯進你們的爭吵中

相關詞

contain 包含；容納

範例

(1) The jar **contains** ten glasses of water.
這大口瓶裝著十杯水

(2) The pill **contains** vitamins.
這藥丸含有多種維它命

income 名 | 收入；所得

範例

01. His work provides him with a large **income**.
他的工作提供他頗豐的收入

02. He lives beyond his **income**.
他的花費超出他的收入

03. People on fixed **incomes** are hurt by price increases.
固定收入的人受物價上漲所苦

04. I live within my **income**.
我過著量入為出的生活

相關詞

profit 利潤；獲利

範例

(1) We made a large **profit** on this case.
我們在這個案子中創造了高利潤

(2) We gained a lot of **profit** from your advice.
我們從你的建議中獲益匪淺

(3) Telling lies won't **profit** you.
撒謊對你無益

(4) The experience is to your **profit**.
這經驗對你有益

(5) A wise man **profits** by his mistake.
聰明人從錯誤中獲利

相關詞

earn 獲利

範例

(1) He **earned** a reputation for diligence.
他贏得勤勉的美譽

(2) Her kind acts **earned** her the respect of the people.
她的親切使她贏得大家的尊敬

(3) She had to work at night to **earn** enough to feed her children.
她必須上夜班以賺取更多的錢養育她的孩子

industrial 形 | 工業的；產業的

範例

01. It is an **industrial** nation.
這是工業國家

02. Steel and gasoline are **industrial** products.
鋼和汽油是工業產品

03. These are **industrial** machines.
這些是工業用的機器

industrious 形 | 勤勉的

範例

01. He is an **industrious** worker.
他是一個勤奮工作的人

02. If you are **industrious** you can finish the job before dark.
你若勤快一點，就能在天黑前完成了

03. The boss knew that I was an **industrious** man.
老闆知道我是一個勤勞的人

industry 名 | 工業；產業；勤勉

範例

01. For many years the chief obstacle to electric car research was the powerful oil **industry**.
長久以來，電動車研究的主要障礙就是石油工業

02. Our automobile **industry** is expanding.
我們的汽車工業正在發展

03. The teacher praised his **industry**.
老師稱贊他的勤勉

04. **Industry** and thrift favor success.
勤勞和節儉有助於成功

05. **Industry** will keep you from want.
勤儉可使人不匱乏

相關詞

traffic 運載量；電信業務

範例

(1) Passenger **traffic** has gone up by ten percent.
客流量已經增加百分之十

(2) Radio **traffic** has stepped up enormously.
無線電通訊已大大增加

inform 動 通知；告發

範例

01. He **informed** me of the event.
他通知了我這件事

02. I **informed** the post office of the change of my address.
我通知郵局變更我的地址

03. I **informed** his mother he was thinking of entering business school.
我告訴他母親他想要去商學院

04. He **informed** me very gravely that his father had died.
他嚴肅的通知我他父親過世了

05. Somebody has **informed** on the murderer.
有人告發了那個謀殺案

informal 形 非正式的；不拘禮節的

範例

01. We will have an **informal** celebration this Saturday.
我們在本周六有個非正式的慶祝會

02. We have an **informal** agreement to trade in the case.
在這個案子上我們有個非正式的交易

information 名 | 情報；通知

範例

01. Do you have any **information** about this matter?
你有關於這件事的任何情報嗎？

02. He wants to get more **information** on the subject.
他想知道更多關於這個主題的資訊

03. That women can give you much good **information**.
那位女士可以提供你一些有用的資訊

相關詞

notify 通知；報告

範例

(1) The company **notified** him that he got the job.
那公司通知他得到這個職務了

(2) Our Human Resource Department **notified** me that the girl would accept the position.
我們人資部門通知我這女孩願意接受這份工作

(3) He **notified** the general manager of the event.
他向總經理報告了這件事件

install 動｜安裝；就職

範例

01. We **installed** a telephone.
我們安裝了一支電話

02. He's going to **install** an air-conditioner in the office.
他要在辦公室裝冷氣機

03. The association will **install** a new president next Monday.
協會新主席將在下周一就任

04. He has been **installed** in his new office.
他已就任新職了

installment 名｜分期付款；連載

範例

01. She bought a washing machine on the **installment** plan
她買了一台洗衣機是用分期付款的

02. I paid for the tuition fee in **installments**.
我是用分期付款的方式支付學費

03. His story will feature in a magazine serial in six **installments**.
他的故事將會在雜誌上分六期連載

相關詞

inaugurate 正式就任；開始

範例

(1) He was **inaugurated** as President.
他正式就任總統

(2) She **inaugurated** a new business.
她開創了新事業

(3) The city **inaugurated** the clean-air campaign with a bicycle parade.
該市舉行了一次自行車隊遊行以示淨化空氣運動的開始

(4) Our CEO **inaugurated** a new building.
我們執行長為新大樓舉行落成典禮

相關詞

assemble 組裝

範例

(1) He **assembled** a model plane.
他組裝了模型飛機

(2) He was busy **assembling** the bike.
他忙著組裝腳踏車

issue 動 發行；分配；流出
名 發行；爭端

範例

01. The magazine is **issued** today.
這雜誌今天發行了

02. The post office **issued** the stamps last week.
上星期郵局發行了這些郵票

03. Food rations were **issued** to the soldiers.
配給的糧食分發了給士兵

04. Do you know who **issued** the travel documents issued?
你知道這些旅遊證件是誰核發的嗎？

05. Mineral water **issued** from the spring.
礦泉是從泉源流出

06. A strange noise **issues** from the next room.
怪聲音從隔壁房間傳出來

07. His difficulties **issue** from his lack of knowledge.
由於他對知識的缺乏造成遇到這些困難

08. A new coinage **issued**.
一種新硬幣發行了

09. The **issue** of the magazine was prohibited.
這本雜誌被禁止出版

10. They have published a lot of new books on international **issues**.
他們已經出版了很多論述國際問題的新書

11. There's an article about India in this **issue**.

在這一期裏有一篇關於印度的文章

12. He died without **issue**.
他身後無子女

相關詞

publish 出版；發表；發佈

範例

(1) This **publisher** has already published five dictionaries.
這家出版社已出版了五本字典

(2) When are you going to **publish** this work of yours?
你幾時要出版你這部作品

(3) The figures of the missing will be **published** tomorrow.
失蹤人數明天將會被公佈

Note

Chapter
J
Chapter

jab 動 | 刺；戳；猛擊

範例

01. He **jabbed** me with his elbow.
他用手肘戳了我一下

02. Don't **jab** my eye with your umbrella.
你的傘不要戳到我的眼睛

03. He **jabbed** at his opponent.
他猛擊對手

04. The criminal **jabbed** at pursuer with a knife.
罪犯用刀子刺殺追捕他的人

05. She gave me a **jab** with her finger.
她用手指戳我

相關詞

nudge 以手肘碰觸；促成；推進

範例

(1) I **nudged** him to let him know it was time to leave.
我用手肘輕碰他提醒該離開了

(2) We tried to **nudge** them towards an agreement.
我們試圖促成他們可達成協議

(3) The car is **nudging** through the snow.
車子在雪中推進

相關詞

jog 輕搖；喚醒記憶；緩慢前進

範例

(1) She **jogged** my elbow to wake me up.
她輕推我手肘叫醒我

(2) He writes down on memo to **jog** his memory.
他寫在便條紙以喚醒自己的記憶

(3) We **jogged** along the oad.
我們沿著路緩慢的前進

(4) Somehow we must **jog** on until business conditions improve.
我們必須慢慢熬到生意情況改善

(5) I **jog** every morning.
我每天早上慢跑

相關詞

poke 戳；伸；攪

範例

(1) He **poked** me in the ribs with his elbow.
他用手肘撞我的肋部

(2) She was **poking** at the ashes.
她撥動著煙灰

jam 動 把東西塞滿；堵塞；夾；湧擠
名 堵塞

範例

01. He **jammed** the clothes into a bag.
他把衣服塞進袋子裏

02. The MRT was **jammed** with passengers.
捷運擠滿了人

03. Thousands of people **jammed** the stadium.
成千上萬的人把體育場擠得滿滿的

04. The boy **jammed** his finger in the door.
那小男孩的手被門夾到了

05. The door is **jammed** and I can't open it.
門卡住了我打不開

06. A crowd **jammed** into the bus.
一群人擠上公車

07. The traffic was **jammed** because of the accident.
意外造成交通阻塞

08. He **jammed** the brakes on.
他猛烈地把車煞住

09. We got into a traffic **jam**.
我們遇上了交通堵塞

10. We were stuck in a traffic **jam** on our way to the airport.
我們在去機場的路上遇到交通阻塞了

相關詞

stuff 塞；裝填

範例

(1) She **stuffed** the suitcase with her clothes.
她把衣服塞滿手提箱

(2) He has a bad cold and his nose is **stuffed** up.
他患重感冒，鼻子塞住了

相關詞

pack 裝滿；擠滿

範例

(1) He **packed** his clothes into a trunk.
他把衣服裝進貨車內

(2) Visitors **packed** the gallery.
參觀者擠滿了畫廊

Note

Chapter
K
Chapter

keen 形 銳利的；敏銳的；嚴厲的；熱衷的

範例

01. This knife has a **keen** edge.
這把刀很銳利

02. The dog has a **keen** sense of smell.
狗的嗅覺很敏銳的

03. The wind was **keen** at the top of the mountain.
山頂的風很凜冽

04. She is very **keen** on art.
她對藝術非常熱衷

05. They were **keen** to finish the work early.
他們渴望儘早完工

06. His eyes were still **keen**.
他的目光依然犀利

相關詞

sharp 尖銳的；敏銳的；刻薄；強烈的

範例

(1) You must be very careful with this **sharp** knife.
你要小心使用這把鋒利的刀子

(2) She studied the young man with her **sharp** bright eyes.
她用明亮銳利的眼睛端詳這年輕男士

(3) She's got a **sharp** tongue.
她講話很刻薄

(4) I had a **sharp** pain in my back.
我的背感到劇烈的疼痛

相關詞

acute 敏銳的；強烈的；嚴重的

範例

(1) Dogs have an **acute** sense of smell.
狗的嗅覺很敏銳

(2) It was an **acute** shortage of food.
食物短缺的很嚴重

(3) It is urgent that the **acute** problem of air pollution in the city be solved.
該城市空氣污染嚴重的問題必須緊急處理

kind 名｜親切；和善

範例

01. They are very **kind** to me.
他們對我很好

02. It is **kind** of you to say so.
你這麼說真是客氣

03. The lady is very **kind**.
這女士非常親切

04. A **kind** girl tries to help people and make them happy.
有同情心的女孩是會設法幫助人並使他們快樂的

05. She was so **kind** as to show me the way.
她很親切地指示我方向

kindly 副｜友善的；欣然接受

範例

01. She spoke to me **kindly**.
她親切地跟我說話

02. He cannot take **kindly** to criticism.
他無法欣然接受批評

kindness 名 | 親切

範例

01. They imposed on his **kindness**.
他們欺騙他的善良

02. The **kindness** she showed was deeply appreciated by me.
她對我的仁慈行為，甚令我感激

相關詞

sympathetic 同情心

範例

(1) She is **sympathetic** over what has happened.
她對已發生的事抱有同情心

(2) He was **sympathetic** to my opinion.
他跟我有同感

相關詞

friendly 親切的；友善的

範例

(1) He is **friendly** to me.
他對我非常友善

(2) She is not very **friendly** towards newcomers.
她對新來的人不太友好

know 動 | 知道；認識；經歷

範例

01. I **know** him by name.
我僅知道他的名字

02. I don't **know** what to do next.
我不知道下一步怎麼做

03. I **know** her among the crowd.
我在人群中認出她來

04. We have **known** each other for many years.
我們互相認識多年了

05. She **knows** right from wrong.
她能辨別是非了

06. I have **known** hunger and hardships.
我經歷過飢餓和困苦

相關詞

recognize 認識；瞭解

範例

(1) I **recognized** that I had made a mistake.
我瞭解到自己犯了錯誤

(2) He **recognized** the boy as a pick pocket.
他認出這男孩是個扒手

knowledge 名 | 知識

範例

01. She has a good **knowledge** of science.
她有豐富的科學知識

02. A little **knowledge** is a dangerous thing.
一知半解是很危險的事

03. The fundamental aim of scholarship is to advance **knowledge**.
學問的根本目的即為提升知識

04. In the same way, a man may have a great mass of **knowledge**.
用同樣的方法可以使人擁有極豐富的知識

05. My **knowledge** of Mr. Chen is not very great.
我對Mr. Chen 的瞭解不是很多

06. We can get much **knowledge** from reading books.
我們可以從閱讀中得到很多知識

07. He has a good **knowledge** of English.
他在英文方面有很好的知識

相關詞

education 教育

範例

(1) His mother has had a good **education**.
她母親受過良好的教育

Note

Chapter
L
Chapter

last 形 | 最終的；之前的；不可能的；最後的；最新的

範例

01. I paid my debt to the **last** cent.
我償還了所有的債務

02. **Last** time I saw her, she was so happiness.
上次我看到她時她是很幸福的

03. We had lunch **last** Friday.
我們上周五一起吃午餐

04. I've spent my **last** dollar.
我把我的錢全花光了

05. She'd be the **last** person to do it.
她是最不可能做這事的人

06. This will be your **last** chance.
這將是你最後一次機會

07. According to the **latest** news I heard, they are going to New York next month.
根據我聽到的最新消息，他們下個月要去紐約

08. When did you see him **last**?
你最後一次是幾時看到他的？

09. He left **last**.
他最後一個離開的

10. I saw him **last** in Seattle.
我上次是在西雅圖看到他

相關詞

final 最終的

範例

(1) This is your **final** chance.
這是你的最後一次機會

(2) We have made a **final** decision.
我們已做了最後的決定

(3) He played in the **finals**.
他進入決賽

(4) At the **finals**, they lost to Japan.
在決賽中他們輸給了日本

相關詞

end 盡頭、結束

範例

(1) I hope that this might **end** her suffering.
我希望這會結束她的痛苦

(2) He waited for me at the **end** of the street.
他在街道盡頭等我

late 形 遲的；最近的；年老的
副 遲；很晚

範例

01. The bus came **late**.
巴士來晚了

02. I was **late** for work.
我上班遲到了

03. She came back in the **late** night.
她在深夜回來

04. He keeps **late** hours.
他晚上很晚睡

05. He arrived **late** for the appointment.
他約會遲到了

06. He slept **late** last night.
他昨晚很晚睡

07. We got married of **late**.
我們最近結婚了

08. I'm sorry I was **late** to work this morning.
很抱歉，我今早上班遲到了

09. She always worked **late** into the night
她總是工作到半夜

10. Better **late** than never.
遲到總比不到好

相關詞

later 稍後

範例

(1) I will tell you **later**.
我以後再告訴你

(2) We will see you **later**.
我們晚點見

(3) I will explain it to you **later** on.
晚點我再跟你解釋

(4) I went to bed **later** than usual.
我比往常更晚上床

(5) Sooner or **later**, he will appear.
他遲早會出現的

相關詞

latest 最近的

範例

(1) I will go by seven at the **latest**.
我最晚七點會去

lay 動 | 放置；驅逐；提出；歸咎

範例

01. He **laid** the document on his table.
他把文件放在他桌上

02. The rain has **laid** the dust.
雨使灰塵不揚

03. The theft was **laid** to him.
他被指控竊盜罪

04. The scene of the story is **laid** in India.
這故事是以印度為背景

05. He **laid** his failure to his lack of experience.
他把失敗歸咎於經驗不足

06. We **laid** down a number of rules.
我們制定了一些規則

07. The earthquake **laid** the village in ruins.
地震使這個村子成了廢墟

08. These fears now ought to be **laid**.
這些疑慮現在可以平息了

09. The proposal was **laid** before the board of directors.
這個建議被提交董事會討論

相關詞

lay aside 置於一旁

範例

(1) **Lay** that problem **aside** for a while.
暫時把問題擺在一邊吧！

相關詞

lay off 暫停解雇

範例

(1) Our company **laid off** some employees.
我們公司暫時解雇一些員工

相關詞

lay open 揭發

範例

(1) He decided to **lay open** the plot.
他決定要揭發陰謀

相關詞

lay up 存

範例

(1) I must **lay up** some of my income every month.
我每個月必須要存下一部份的收入

let 動 | 准許；讓；出租；允許

範例

01. He **lets** me to complete this task.
他讓我完成這個任務

02. She would not **let** the child do it.
她不會讓孩子做這種事

03. **Let's** have a rest, shall we?
我們休息一下可以嗎？

04. **Let** me know if you need any help.
假如你需要任何幫忙請讓我知道

05. Don't **let** him go swimming.
不要讓他去游泳

06. **Let** the two lines be parallel.
假設這兩條線平行

07. This apartment **lets** for 10,000 dollars a month.
這公寓每月一萬元出租

相關詞

let in 放入

範例

(1) **Let in** fresh air.
讓新鮮空氣進來

相關詞

let alone 別管

範例

(1) **Let** me **alone**.
別管我

相關詞

let pass 寬恕

範例

(1) She **lets pass** his faults.
她原諒他的錯了

相關詞

let...out of 從…放出

範例

(1) The boy **let** the dog **out of** the house.
這男孩把狗從房子內放出來

相關詞

let on 洩密

範例

(1) Don't let on that I went there.
不要告訴別人我去那了

limit 名 限制；禁止；界線
動 禁止

範例

01. He knows his own **limits**.
他自知能力有限

02. There seems to be no **limit** to his patience.
他的耐心似乎是永無止盡的

03. Her car exceeded the speed **limit**.
她的車超速了

04. I'll lend you money within **limits**.
在適度的範圍內我會把錢借給你

05. That fence is the **limit** of the factory yard.
那面牆是工廠的界線

06. That man's the **limit**.
那個男的真叫人無法容忍

07. We must **limit** ourselves to one cup of coffee each.
我們必須限定每人只能喝一杯咖啡

08. The teacher **limited** his students to one thousend words for their compositions
老師把學生的作文限制在一千個字以內

09. We **limited** the expense to one thousand dollars.
我們將支出限制在一千元內

10. Speeches are **limited** to thirty minutes each.
演講每人被限制三十分鐘

相關詞

bound 界線；限制

範例

(1) His curiosity knew no **bounds**.
他的好奇心是沒有止境的

(2) We must put **bounds** to our spending.
我們必須限制開支

(3) We should **bound** our desire by reason.
我們應該以理智限制欲望

(4) England is **bounded** in the south by the English channel.
英國南部以英吉利海峽為界

相關詞

line 界線

範例

(1) You can't cross the **line**.
你不能跨越這條界線

(2) A small group of soldiers were parachuted behind enemy **lines**.
一小隊士兵被空降在敵人後方

live 動 | 居住；生活

範例

01. Where do you **live**?
你住在哪？

02. Man can't **live** without water.
沒有水人就活不下去

03. I want to **live**, not just to exist.
我要享受生活而不是僅僅活著

04. He has no house to **live** in.
他沒有房子可以住

05. Live and let **live**.
人與人之間應互相容忍

06. These books will **live** throughout the ages.
這些書將是傳世之作

07. He **lives** a life of luxury.
他過著奢侈的生活

08. She **lives** an idle life.
她過著懶散的生活

09. I **live** by writing.
我以寫作維生

10. The Chinese **live** on rice.
中國人以米食為主

相關詞

livelihood 生計

範例

(1) I earn my **livelihood** by writing.
我以寫作維生

相關詞

lively 有生氣的；驚險的

範例

(1) We had a very **lively** time.
我們有一段驚險的歷程

相關詞

living 生活

範例

(1) **Living** conditions have improved here.
這裏的生活條件已得到改善

(2) He is a **living** image of his father.
他跟他父親長的一模一樣

local 形 地方的；每站都停的普通車；局部的

範例

01. Local conditions must be taken into account in mapping out the plan.
在制定計畫時必須考量當地的情況

02. Can you buy a local newspaper for me?
請幫我買一份當地報紙可以嗎？

03. The express train does not stop here, but the local train does.
快車在此站不停，但是普通車會

04. The doctor thinks local anesthesia will do for the operation.
醫生認為這次手術用局部麻醉就可以了

05. She works at the local bank.
她在一家當地的銀行上班

相關詞

regional 局部的；地區的

範例

(1) Most regional committees meet one time a month.
大部份地區的委員會每月開一次會

locate 動 | 位置；設置

範例

01. Could you **locate** the city on the map?
你能在地圖上指出這個城市嗎

02. Our company is **located** in the downtown.
我們公司設在市中心

03. The post office is **located** on Bei-an Road.
郵局位於北安路

04. The bookstore is conveniently **located**.
這間書店的地點交通便利

05. The police are trying to **locate** the missing man.
警方正設法查明那個失蹤者的下落

相關詞

region 地方性

範例

(1) This sort of flower blooms only in the tropical **regions**.
這種花只在熱帶地區開放

(2) Most **regional** committees meet one time each month.
大部份地區委員會每個月開一次會

lure 動 誘惑 名 誘惑物

範例

01. The price also **lures** students.
這價格對學生有吸引力

02. Don't let the pleasures of city life **lure** you away from your studies.
不要讓都市繁華熱鬧的生活誘使你荒廢學業

03. He couldn't resist the **lure** of money.
他不能抵制金錢的誘惑

04. Life in big cities is a **lure** for many young people.
大城市的生活吸引著許多年輕人

相關詞

allure 誘惑；吸引

範例

(1) The fine weather **allures** people to the park.
晴朗的天氣吸引人們來到公園

(2) The dress **allured** her into the store.
店裏的洋裝吸引了她進去

(3) He was **allured** by New York.
他被紐約迷住了

(4) Do you feel the **allure** of the sea?

你是否感受到海洋的魅力？

相關詞

attract 吸引

範例

(1) The garden city **attracts** many tourists.
那個花園城市吸引許多遊客

(2) Bright colors **attract** children.
鮮豔的顏色引起孩子們的興趣

(3) The move **attracts** a large audience.
這部電影吸引了很多觀衆

相關詞

tempt 誘惑

範例

(1) He **tempted** me with a bribe.
他以賄賂誘惑我

(2) They offer a high salary that **tempted** me.
他們以高薪誘惑我

Note

Chapter M

Chapter

main 名 主要；要點
形 主要的

範例

01. She devoted the **main** of the article to the political system of the country.
她在她的主題中討論了該國的政治體制

02. What is the **main** purpose of your visit?
你此行的主要目的是什麼？

03. He has an eye for the **main** chance.
他善於把握時機

04. Her **main** strength is language.
她的主要優勢是語言

相關詞

mainland 土地

範例

(1) Do you know how many states there are on the **mainland** of the United States now?
你知道美國本土現在有幾個州？

(2) Their ship left the island and headed for the **mainland**.
他們的船已駛離該島，開往大陸了

相關詞

mainstream 主流

範例

(1) He plays **mainstream** music.
他是玩主流音樂的

相關詞

chief 主要的

範例

(1) Please tell me the **chief** merits of the plan.
請告訴我這個計畫的主要優點

(2) The **chief** reason for going to school is to learn.
上學的主要原因是為了學習

相關詞

principal 主要的

範例

(1) Drinking is a **principal** cause of traffic accidents.
酗酒是交通事故的主要原因

make 動 | 做；使變成；使發生；執行

範例

01. Don't **make** a noise.
不要製造噪音
02. The little boy always **makes** trouble for his mother.
這小男孩總是給他媽媽製造許多麻煩
03. Could you **make** some coffee for us?
可以幫我們準備咖啡嗎？
04. She **makes** a moving speech.
她發表了一篇感人的演講
05. My boss **made** me repeat it.
我老闆命令我再重述一遍
06. The news **made** me disappointed.
這消息讓我大失所望
07. He **made** a fortune in industry.
他因不斷努力的工作而致富
08. She will **make** a go of any business she enters.
她無論做什麼都會成功
09. His arbitrariness **made** his many enemies.
他的獨裁專橫因而使他樹敵甚多
10. She **made** a cake for my birthday.
她幫我做了一個生日蛋糕

相關詞

make a mistake 失誤

範例

(1) He **made** a big mistake on this matter.
這件事上他真的犯了很大失誤

(2) You **made** a mistake in trusting him too much.
過份信任他你就錯了

相關詞

make for 朝某方向前進

範例

(1) The boat **made for** open sea.
這艘船航向大海

相關詞

make of 用…做成的

範例

(1) The house is **made of** wood.
這房子是木造的

(2) He wants to **make** a doctor **of** his son.
他想造就他兒子成為醫生

malice 名 | 怨恨；惡意

範例

01. I bear him no **malice**.
我對他並沒有惡意

02. He has no **malice** toward anyone.
他對任何人都沒有惡意

03. She bears **malice** against lawyers.
她對律師心存惡意

04. The boy bears **malice** everyone.
這男孩對每個人都充滿敵意

malignant 形 | 滿懷惡意的

範例

01. He is doing a **malignant** plot.
他正在進行一個充滿惡意的陰謀

02. She got a **malignant** growth.
她得了惡性腫瘤

相關詞

spite 惡意；心術不正

範例

(1) He took my parking space out of **spite**.
他是為了洩憤才搶我的停車位

(2) The boys trampled the girl's flowers out of **spite**.
那些男孩是出於惡意踩那個女孩的花

(3) They are being provocative and controversial just to **spite** us.
他們這樣挑釁和爭論就是要故意刁難我們

相關詞

ill 惡劣的

範例

(1) She was **ill** treated by her husband.
她慘遭她丈夫虐待

(2) **Ill** news runs apace.
壞事傳千里

(3) I can **ill** afford the time.
我花不起這個時間

margin 動 加邊（框）
名 邊緣；空白

範例

01. The shore was **margined** with foam.
岸邊都是泡沫

02. He **margined** with comments on every page.
他在每一頁的頁邊都加了註解

03. He made some notes in the **margin**.
他在頁邊空白處寫了一些註記

04. I allowed a **margin** of half hour in case the train was late.
我預留了半小時以防火車誤點

05. They found a little house at the **margin** of the forest.
他們在森林邊上找到一幢小房子

06. The price will allow a good **margin** of profit.
這價格可以賺到不錯的利潤

07. The reserve board raised **margins** from 40 to 50 percent.
董事會將準備金從40% 調高到50%

相關詞

border 邊緣；邊界

範例

(1) She sat on the **border** of the stream.
她坐在河邊

(2) They were near the **border** between China and Russia.
他們在中俄邊界附近

(3) He was caught at the **border** between United State and Mexico.
他在美國和墨西哥邊界被抓

(4) Myanmar **borders** on India.
緬甸與印度接壤

相關詞

edge 邊緣；尖銳

範例

(1) There is a house on the **edge** of the river.
河邊有一間房子

(2) He is on the **edge** of starvation.
他瀕臨餓死的邊緣

(3) Her remark has a biting **edge** to it.
她說話非常尖銳

mark 動 註記；標識；留下痕跡
名 痕跡；記號；目標

範例

01. He is **marked** with smallpox.
他臉上留有天花的痕跡

02. The box of eggs was **marked** "With Care".
這盒蛋上面標記了「小心」字樣

03. The teacher **marked** the examination papers.
教師在試卷上打分數

04. **Mark** carefully how the job is done.
好好注意這工作是怎樣做的

05. He fired a shot and hit the **mark**.
他開了一槍正中目標

06. Your guess is beside the **mark**.
你猜錯了

07. The scandal left a **mark** on his reputation.
那件醜聞玷污了他的名聲

08. You can see in him the **marks** of an educated man.
從他身上你可以看到受過教育的人特點

09. She was **marked** out for promotion.
她被選定升職

10. My **marks** in history were good.
我的歷史成績很好

marked 形 | 明顯的；有標記的

範例

01. These two dresses are a **marked** difference.
這兩件洋裝明顯不同

02. The teacher asked students to read the **marked** pages.
老師要求學生們讀做過記號的各頁

market 名 | 市場

範例

01. She went to the **market** to buy food.
她去市場買些食物

02. The firm controls the sugar **market**.
這公司控制了糖市場

master 動 控制；克服
名 主人；名人；大師

範例

01. You have to learn how to **master** your anger.
你必需學會控制自己的脾氣

02. She is **master** of the Chinese language.
她精通中國語文

03. The **master** absent and the house dead.
人去樓空

04. The dog ran to its **master**.
那狗向主人奔去

05. The young writer learned a great deal from the works by **masters** in literature.
這位青年作家從文學大師的作品中學到了許多東西

06. You cannot be the **master** of your own fate.
你無法決定自己的命運

07. **Masters** should sometimes be blind and sometimes be deaf.
做主人的有時應裝聾作啞

mastermind 動 主使；策畫 名 策畫人

範例

01. He knows who **masterminded** the project.
他知道是誰策畫了這個專案

02. This gangster **masterminded** the false car accident.
這個歹徒策畫了這次假車禍

03. The generals **masterminded** the coup.
這幾個將軍策畫了政變

04. The young manager is the **mastermind** of the new marketing policy.
這年輕的經理是這項新市場策略的策畫人

05. The police never found the **mastermind** behind the bank robbery.
警方始終沒查出銀行搶案的幕後主腦

06. The **mastermind** behind the scheme was executed after a brief trial.
這陰謀的幕後主腦經過簡短審訊後便被處決了

mean 動 | 意味；企圖；指定

範例

01. What do your **mean**?
你是什麼意思？

02. I didn’t **mean** to hurt you.
我無意傷害你

03. Your cooperation **means** a great deal to me.
你的合作對我而言是很重要的

04. What do you **mean** by that?
你到底想說什麼？

05. I **mean** to execute the plan we agreed upon.
我有意實行我們都同意的這個計畫

06. He **means** to go tomorrow.
他打算明天走

07. He **means** this house for his daughter.
他指定這房子要給他女兒

08. This present is **meant** for him.
這禮物是要送給他的

09. I don’t **mean** that you are a loser.
我並不是說你是失敗者

10. I didn’t **mean** you have to go.
我並不是說你一定得去

meaning 名 | 意義；意思

範例

01. He knew the **meaning** of life finally.
他終於知道生活的意義

02. I don't understand the **meaning** of that paragraph.
我不懂那段話的意思

03. Do you know the **meaning** of this word?
你知道這個字的意思嗎？

04. Your understanding of this order will help you to get his **meaning**.
了解了這個順序也會幫助你瞭解他的意思

meaningful 形 | 有意義的

範例

01. It is a **meaningful** book.
這是一本含意深遠的書

mix 動 | 混合；聯結

範例

01. I **mixed** the hot milk and cocca for my son.
我把熱牛奶和可可混在一起給我兒子

02. The workmen **mixed** sand, gravel and cement to make concrete.
工人們把沙、石子和水泥混和成混凝土

03. He **mixed** me a drink.
他幫我調了杯飲料

04. We can sometimes **mix** business with pleasure.
我們有時是可以把工作和娛樂結合起來

05. We were **mixed** up in our directions.
我們弄不清方向了

06. I don't want to be **mixed** up in such a matter.
我不願被捲進這種事件中

07. He's **mixing** with the wrong people.
他交友不慎

08. Everybody **mixed** together happily at the party.
大家在聚會中相處的很開心

09. A **mix** of people attended the meeting.
各色人等參加了那個會議

10. She was so busy that she was in a **mix**.
她忙的頭昏腦脹了

mixer 名 | 攪拌器；善於交際的人

範例

01. She bought an electric **mixer**.
她買了一台電動攪拌器

02. He is a good **mixer**.
他是善於交際的人

相關詞

stir 攪拌

範例

(1) She **stirred** the coffee with a spoon.
她用調羹攪拌咖啡

(2) The boy often **stirs** up a lot of trouble.
這男孩常惹禍

(3) She **stirred** the flour and milk to a stiff paste.
她把麵粉和調奶攪拌做成麵糊

modify 動 | 修正；緩和

範例

01. They required us to **modify** the agreement.
他們要求我們修改協議書

02. We have to **modify** our plan a little bit.
我們必須稍加修改我們的計畫

03. He **modified** his demands.
他刪減了他的要求

04. CEO **modified** our budget this year.
執行長修改了我們今年的預算

05. She **modified** the conditions of the L/C.
她修改了信用狀的條款

相關詞

amend 修正

範例

(1) She **amended** her bad habits.
她改掉壞習慣了

(2) He was determined to **amend**.
他決心改過自新

(3) The motion to **amend** the articles of the corporation was defeated by five votes to three.
修改公司章程的動議以五比三被否決了

CHAPTER IV

相關詞

revise 修改

範例

(1) He **revised** his opinion.
他修正了他自己的意見

(2) We **revised** the handbook.
我們修改了手冊

相關詞

mend 修補；改正

範例

(1) He asked her to **mend** his shirt.
他要求她幫他補他的襯衫

(2) He pledged that he would **mend** his ways.
他保證他將改過自新

(3) You wouldn't **mend** your ways.
你根本就不想改過

Note

Chapter
N
Chapter

native 名 本地人
形 故鄉的；本國的；天生的

範例

01. She is a **native** speaker of English.
她的母語是英文

02. Are you a **native** here or just a visitor?
你是本地人還是觀光客

03. My **native** country is the United States, my home is Seattle.
我是美國人我家鄉在西雅圖

04. Sally is a **native** of Taipei.
Sally 是台北人

05. The kangaroo is a **native** of Australia.
袋鼠是澳大利亞的土生動物

06. He has **native** ability as a singer.
他是天生的歌手

07. They are **native** speakers of English.
他們的母語是英文

08. She was **native** to Taipei.
她本籍是台北人

09. I am still struck by the **native** beauty of the lake.
我仍為湖泊的自然美所吸引

相關詞

indigenous 土產的；本地的

範例

(1) It is a plant **indigenous** to Africa.
這是一種非洲原產的植物

相關詞

original 原始的

範例

(1) He is a man of noble **origin**.
他是出身高貴的人

(2) The location of the **original** source of a particular folk song is usually unknown.
一首嚷嚷上口的民謠往往不知道其發源處為何

necessitate 動 需要；迫使

範例

01. Doctor said the condition of his knee **necessitated** surgery.
醫生說他的膝蓋需要動手術

02. He was **necessitated** to agree.
他被迫同意

necessity 名 | 需要；必需品

範例

01. Necessity is the mother of invention.
需要是發明之母

02. He felt the necessity of accepting her requirements.
他覺得必需要接受她的要求

03. Television is considered a necessity by her.
對她來說電視是民生必需品

04. Night follows day as a necessity.
白天過去夜幕降臨這都是必然的

05. This family is in great necessity.
這戶人家窮困到極點

06. Water is a necessity of life.
水是維持生命的必需品

相關詞

requirement 需要

範例

(1) Food is a requirement of life.
食物是一項生活必需品

(2) She has fulfilled all requirements for being his wife.
她已具備成為他老婆的一切條件

necessary 形 | 必要的；無法避免的

範例

01. Sleep is **necessary** for good health.
睡眠對於健康是必要的

02. Oxygen is **necessary** for life.
氧氣是生命所必需的

03. It is **necessary** that mailing the sample to him at once.
有必要馬上寄樣品給他

04. She has no money to obtain the **necessaries** of life.
她沒有錢購買生活必需品

necessarily 副 | 必然地

範例

01. Whatever he says is not **necessarily** true.
不管他說什麼都不一定是真的

02. You don't **necessarily** have to go.
你沒有一定得去

need 動 必要；需要
名 必要；困境

範例

01. We **need** to help them.
我們需要幫助他們

02. This house **needs** to be repaired.
這房子需要整修

03. These children **need** some food and clothing.
這些孩子們需要食物和衣服

04. We **need** to work hard.
我們必須要努力工作

05. You don't **need** to apologize.
你不需要道歉

06. There is no **need** for you to be anxious.
你沒必要焦急

07. A friend in **need** is a friend indeed.
患難見真情

08. We have no **need** to be afraid of them.
我們沒必要怕他們

09. My family helped me in my time of **need**.
我家人在我困難的日子幫了我忙

10. He is a man who **needs** no introduction.
他是家喻戶曉的人物

needless 副 | 不必要的

範例

01. I think it was a **needless** expense.
我認為這是不必要的開支

02. **Needless** to say, studying is important.
不用說，學習是很重要的

相關詞

require 需要

範例

(1) The project will **require** an amount of money.
這個專案需要一筆錢

相關詞

want 需要

範例

(1) I **want** you to start at once.
我要你馬上開始做

negotiate 動 | 交涉；談判

範例

01. The government will not **negotiate** with the terrorists.
政府絕不會與恐怖份子談判

02. They **negotiated** a treaty.
他們協商條約

03. These two countries finally **negotiated** a peace treaty.
這兩個國家終於達成了一個和平條約的協議

04. We are **negotiating** for a new contract.
我們正在協商一份新合約

negotiation 名 | 協商

範例

01. Peace **negotiations** are still going on.
和談仍在進行

02. The purchasing **negotiation** is still going on between the two companies.
採購協商案兩家公司仍在進行中

相關詞

mediate 居中協調

範例

(1) She **mediated** that the two businesses merged.
她居中協調這兩筆生意的合併

相關詞

settle 解決；調停

範例

(1) They **settled** the controversy by mutual concession.
他們互相讓步而解決了這場紛爭

(2) Both wanted to **settle** their scores.
雙方都願意不計前嫌

(3) The problem has been **settled**.
這個麻煩已經解決了

(4) I **settled** my affairs before going on vacation.
我在去渡假前已把自己的事都安排好了

never 副 | 從不

範例

01. He will **never** forget your kindness.
他決不會忘記你的好意

02. I will **never** go there again.
我再也不會去那裏了

03. We **never** had any trouble with them.
我們跟他們從不會有任何的衝突

04. I have **never** eaten that before.
我從未吃過那個

05. **Never** mind.
不要介意

06. **Never** do things by halves.
不要半途而廢

07. **Never** mind what people say.
不要介意別人說什麼

08. **Never** trouble till trouble troubles you
勿自尋煩惱

相關詞

ever 曾經；永遠

範例

(1) What **ever** out that idea in your head?
到底是什麼使你想出那個主意的？

(2) If you **ever** come here, please let me know.
假如你有機會來這裏請讓我知道

(3) If you are **ever** in Taipei, come and see me.
假如你有機會來台北，務必來看我

(4) I am **ever** ready to help you.
我會隨時樂於幫助你

(5) Have you **ever** been to Seattle?
你去過西雅圖嗎？

相關詞

no more 不再；也不

範例

(1) He didn't come **no more** did his father.
他沒來，他父親也沒來

(2) Time lost will return **no more**.
失去的青春不會再來

newspaper 名 | 報紙

範例

01. I've read about the news in the **newspaper**.
我在報紙上看到這則新聞

nice 形 | 親切的；良好的；美妙的

範例

01. It's really **nice** to see you again.
很高興再見到你

02. It's very **nice** of you to invite us to the party.
真的很高興你邀請我們參加這個聚會

03. It is a **nice** day.
真是美好的一天

04. That's a **nice** mess we are in.
我們有大麻煩了

05. She is really a **nice** girl.
她真的是一個有教養的女孩

06. The dress is very **nice**.
這件洋裝真的很不錯

相關詞

agreeable 愉悅的；宜人的

範例

(1) The flower has an **agreeable** odor.
這朵花有好聞的氣味

(2) She is a very **agreeable** person.
她是個令人非常愉快的人

(3) They were all **agreeable** to our proposal.
他們都樂於接受我們的建議

(4) This arrangement is **agreeable** to both sides.
這樣的安排對雙方都很合適

相關詞

pleasant 愉悅的

範例

(1) She is a **pleasant** girl.
她是一個討人喜歡的女孩

(2) It was very **pleasent** to picnic in the park by the lake on such a nice day.
在如此晴朗的天氣，在湖邊野餐真的是一件令人愉快的事

(3) I have **pleasant** news for you.
我有好消息告訴你

note 動 注意；記下
名 摘記；注意

範例

01. Please **note** that this payment must be paid within thirty days.
請注意本帳單必須在三十天內付款

02. The policeman **noted** some footprints.
警察注意到一些腳印

03. The lawyer **noted** down every detail I said.
律師記下了我所說的每一個細節

04. It is explained in the **notes**.
說明書上有解釋

05. You must take **note** of the warning.
你必須注意這個警告

notice 動 注意 名 注意；通知

範例

01. Did you **notice** her face?
你注意到她的臉色了嗎？

02. He didn't **notice** I had stood here for a while.
他沒注意到我已經站在這裏一會了

03. He paid no **notice** to me.
他毫不在意我

04. He was discharged without **notice**.
他事先沒有收到通知就被解僱了

05. We have received **notice** of a typhoon approaching.
我們已收到颱風即將來臨的預報

notify 動 通知

範例

01. We **notified** him of the result in writing.
我們已經書面通知他結果了

02. He **notified** us that she would accept the position.
他通知我們她願意接受這份工作

03. Please **notify** us of when you may come here.
請通知我們你何時能來這裏

now 名 現在；現今
副 時下；現在

範例

01. **Now** is the best time to visit Seattle.
現在是造訪西雅圖的最佳時節

02. **Now** is your turn.
現在輪到你了

03. From **now** on, I will never drink anymore.
從今以後，我再也不喝酒了

04. **Now** you are an adult, you should make a decision by yourself.
現在你已成年了，你應該自己做決定

05. **Now** you have come, you may as well stay.
現在你既然來了，就留下來吧

06. He will be there by **now**.
他現在應該到那裏了

07. I see my parents every **now** and then.
我有時會去看我父母

08. Go **now** or you will be late.
馬上走吧！不然你要遲到了

09. I see **now** why you decided not to go.
這下我明白為什麼你決定不去了

10. She started for New York just **now**.
她剛出發去紐約了

相關詞

immediate 立刻；馬上；不久的將來

範例

(1) He took **immediate** action when the matter happened.
這事件一發生他馬上採取了行動

(2) This is the **immediate** cause for me to go to Seattle.
這是我決定去西雅圖最直接的原因

(3) If you hear an alarm, leave the building **immediately**.
當你聽見警報聲響馬上立刻這棟大樓

(4) Please return **immediately** when you are done.
請你事情一做完立刻回來

(5) He formed definite plans about his **immediate** future.
他對於不久的將來明確的列出了計畫

相關詞

right away 立刻；馬上

範例

(1) He didn't answer my question **right away**.
他沒有馬上回答我的問題

Note

Chapter
Chapter

obey 動 | 服從；順從

範例

01. The child **obeyed** and went to bed.
孩子都聽話上床去睡了

02. You should **obey** your parents.
你應該聽從你父母的話

03. You didn't **obey** the manager's instructions.
你沒有順從經理的指示

04. **Obey** your boss or you will be fired.
服從你的上司，否則你會被解僱

05. He that cannot **obey** cannot command.
以身作則

相關詞

comply 遵守

範例

(1) We must **comply** with traffic rules.
我們必須遵守交通規則

(2) We **comply** with all fire safety rules.
我們遵守消防安全的所有相關規定

相關詞

submit 服從；提報

範例

(1) We will **submit** ourselves to the court's judgments.
我們將聽從法庭的裁決

(2) He refused to **submit** himself to the opinions of his manager.
他拒決聽從他經理的建議

(3) I **submit** that the terms are entirely unreasonable.
我認為那些條件完全不合理

(4) He **submitted** the report to the board.
他向董事會提出這份報告

(5) There is nothing to do but to **submit** with good grace.
恭敬不如從命

相關詞

yield 屈服

範例

(1) He didn't **yield** himself to his rival.
他沒有向對手屈服

(2) We will never **yield** to competitors.
我們絕不會向競爭者屈服

observe 動 | 評論；觀察；注意

範例

01. She **observed** on modern art.
她談了對現代藝術的看法

02. He **observed** the old man coming across the street.
他看著那老先生橫越街道

03. He **observed** a stranger hanging around his house.
他看到一個陌生人在他家門口附近閒晃

04. He pretended not to **observe** our entry.
他裝作沒看見我們進來

05. This law must be strictly **observed**.
這項法律必須嚴格遵守

observation 名 | 觀察力；意見

範例

01. He is a man of little **observation**.
他是一個觀察力極差的人

02. This experiment requires careful **observation**.
這項實驗需要細微的觀察

03. I have a few **observations** to make on your conduct.
我對你的行為有一些看法

相關詞

see 察看；理解

範例

(1) Go and **see** if the car leaks oil.
去察看一下汽車是否漏油

(2) It is not possible to **see** into the future but you can prepare for it.
人不可能洞悉未來，但是可以為未來做準備

(3) I **see** what you mean.
我瞭解你的意思

相關詞

view 看待

範例

(1) These people were **viewed** as their most dangerous rivals.
這些人被視為他們最危險的對手

occupy 動｜佔領；佔有

範例

01. Work **occupies** most of my time.
工作佔據了我大部份的時間

02. The bathroom is **occupied**.
浴室有人在用

03. The building **occupies** an entire block.
這建築物佔據了整個街區

04. The project will keep us **occupied**.
這專案將會讓我們有得忙了

05. He **occupied** himself with various research projects.
他終日從事各種研究專案

相關詞

capture 獲得

範例

(1) He **captured** the first prize.
他獲得第一名

(2) The candidate **captured** 51% of the vote.
這候選人獲得51%的選票

相關詞

conquer 征服；克服

範例

(1) I believe man will **conquer** the weather in the near future.
我相信人類在不久的將來會征服天候

(2) She was able to **conquer** her fear.
她克服了她的恐懼

相關詞

defeat 擊敗；挫敗

範例

(1) He was **defeated** in the election.
他在選舉中被打敗

(2) The aggressors were doomed to **defeat**.
侵略者注定要失敗

(3) He would not admit his **defeat**.
他不願承認失敗

(4) Our hopes were **defeated**.
我們的希望落空了

operate 動 | 操作；手術；藥效

範例

01. Who **operates** that machine?
是誰操作那台機器？

02. This machine doesn't **operate** smoothly.
這台機器運轉不順

03. His company **operates** in several countries.
他的公司在幾個國家都有業務往來

04. The surgeon **operated** on her for a tumor.
醫生為她做了一個腫瘤手術

05. The medicine **operated** quickly.
這藥很快起作用

06. This company is well **operated**.
這家公司經營的非常好

相關詞

manage 管理

範例

(1) He **managed** the company very well.
他把這公司管理的很好

(2) He **managed** the machine with skill.
他把這機器操作的很好

(3) How do you **manage** your finance?
你是如何管理你的財務

相關詞

work 工作

範例

(1) The machine doesn't **work**.
這機器不運作了

(2) She did the **work** alone.
她獨自完成了這工作

(3) I am out of **work**.
我失業了

相關詞

conduct 經營；管理

範例

(1) They hired a professional assistant to **conduct** their affairs.
他們雇用了一個專業助理來打理他們的事務

(2) Mr. Lin will **conduct** the company.
李先生將管這公司

opinion 名 | 意見；評論

範例

01. I have a high **opinion** of him.
我對他的評價很高

02. **Opinions** differ on this matter.
對這件事各人評價不一

03. In my **opinion**, he has no chance to win the race.
依我所見，這場比賽他沒有機會贏

04. I am of the **opinion** that she will come over this afternoon.
我相信她今天下午會來

05. It's a matter of **opinion** only.
這只是見解不同罷了

相關詞

judgment 判斷

範例

(1) He always acted on his own **judgment**.
他總是依照自己的判斷行事

(2) My **judgment** is that you should not resign.
我的看法是你不應辭職

(3) He showed good **judgment** in deciding not to invest in the project.
他絕對不投資那些專案，這說明了他的判斷力很強

相關詞

advice 建議

範例

(1) You should follow my **advice**.
你應該聽我的忠告

(2) The **advice** is taken from experts.
這是來自專家的建議

(3) **Advice** when most needed is least heeded.
忠言逆耳

相關詞

suggestion 意見

範例

(1) I detected a **suggestion** of malice in his remarks.
我察覺他的話中帶有惡意

(2) I merely made the **suggestion** that he should resign.
我只是暗示他應該辭職而已

(3) I bought the dress at her **suggestion**.
我根據她的建議買了這件洋裝

option 名 | 選擇權；任意

範例

01. In this matter, he has no **option**.
對這件事他沒有選擇權

02. It is at your **option** to stay or leave.
去留隨你的便

03. I won't leave my **options** open.
我不會放棄選擇

04. In order to take care of her child, she had no **option** but to quit her job.
為了照顧孩子，她除了辭職別無選擇

05. How many **options** do we have?
我們有幾種選擇的可能性？

06. I have taken an **option** on that land.
我已經取得土地的優先權

07. I have already made my **option**.
我已經作好選擇了

08. We have the **option** to take it or leave it.
我們有權帶走它或是留下它

相關詞

choice 選擇

範例

(1) Make a careful **choice** of your friends.
你要慎重選友

(2) We each had to make a **choice**.
每個人都必須做選擇

(3) My **choice** is I will with him.
我的選擇就是我將會跟他走

相關詞

selection 選擇

範例

(1) She was my **selection**.
她是我挑選出來的

(2) I believe he is my best **selection**.
我相信他是我最好的選擇

相關詞

alternative 二選一

範例

(1) There were no **alternative** route open to us.
我們別無選擇

overlook 動 | 忽略；寬容；仔細；監視

範例

01. My calculation was wrong because I **overlooked** one tiny point.
因為我忽略了一個細微之處所以我的計算錯了

02. His ability has been **overlooked** by his boss.
他的能力被他老闆忽略了

03. I won't **overlook** your mistake next time.
下次我不會再原諒你的錯誤

04. He has been kind enough to **overlook** my fault.
他很寬宏大諒原諒了我的錯

05. The top of the hill **overlooks** the whole city.
從這山頂可以看到整個城市

06. He **overlooked** the contract before he signed it.
他在簽字前仔細閱讀了合約內容

07. His work was to **overlook** the men at work.
他的工作是負責監督現場的工人

相關詞

skip 略過

範例

(1) She **skipped** the jargon when she read the popular science magazine.
她讀那本科學雜誌時把其中的術語跳過

(2) I **skipped** some chapters.
我跳過幾個章節

相關詞

neglect 忽略

範例

(1) Don't **neglect** your duty.
不要忽略你的責任

(2) Mothers reminded the children don't **neglect** to brush their teeth.
母親提醒孩子們不要忘了刷牙

(3) She **neglected** paying the fine.
她忘了付罰金

(4) These children were in a state of virtual **neglect**.
這些孩子處於無人照料的狀況下

(5) The garden showed **neglect**.
這花園沒人照料

Note

Chapter
P
Chapter

pack 動 打包；擠滿
名 包裹

範例

01. Visitors **packed** the gallery.
參觀者擠滿了畫廊

02. They **packed** their suitcases for the trip.
他們收拾行李準備去旅行

03. These things **pack** easily.
這些東西容易包裝

04. **Pack**-man speaks of **pack**-man.
三句不離本行

05. We **packed** the books before we moved.
我們搬家前就把書本裝箱好了

06. He was carrying a **pack** on his back.
他背上背了一個背包

07. He used to smoke a **pack** of cigarettes a day.
他過去經常一天抽一包香煙

08. What he told you was a **pack** of lies.
他跟你說的話都是一派胡言

package 名 包裹

範例

01. She undid the **package**.
她解開了包裹

02. It is highly necessary to work out an emergency **package**.
制定一整套應急措施是非常必要的

03. She is good at designing eye-catching **packages**.
她擅長設計花俏的包裝

相關詞

bundle 捆；包裹；匆忙

範例

(1) He **bundled** all the clothes into that bag.
他把衣服全都塞進那個包包

(2) The injured boy was **bundled** off to hospital.
那受傷的男孩被匆忙的送到醫院

(3) She **bundled** up all her books.
她把所有書都捆起來

(4) I got a **bundle** from my parents this morning.
我今早收到父母親寄來的一個包裹

particular 形 特定的；難以取悅的 名 項目

範例

01. Her **particular** way of smiling left a good impression on me.
她特有的微笑給我留下了美好的印象

02. I have nothing **particular** to do today.
我今天沒有特別的事要做

03. She is **particular** about what she eats.
她過份講究吃

04. The witness gave us a **particular** account of what happened.
目擊者把發生的事情詳細對我們說了一遍

05. The report is exact in every **particular**.
這份報告每一個項目都很正確

06. The **particulars** may have to be satisfied for the general.
為顧全總體個別的項目也許不得不放棄

07. I suppose the secretary knows the **particulars** of the plan.
我想秘書應該知道這一個計畫的詳細情況

相關詞

specific 特定的

範例

(1) I want to understand your question, so be more **specific**, please.
我想要瞭解你的問題，所以請說仔細一點

(2) He had no **specific** reason to do it.
他沒有特別的理由而去做這件事

(3) Education should not be restricted to any one **specific** age group.
教育不應限制在任何特定的年齡群上

(4) The trouble with him was that he never had a **specific** aim in life.
他的問題就是從來沒有明確的人生目標

(5) There is no **specific** remedy for the malady so far.
目前為止沒有醫治這種病的特效藥

相關詞

special 特別的

範例

(1) Some people claim that children have a **special** way of thinking.
有些人說孩子有特別的思考方法

(2) He never drinks except on **special** occasions.
除非在特殊場合中否則他不喝酒的

partner 名 | 夥伴

範例

01. He is our business **partner**.
他是我們生意上的夥伴

02. The business is owned by three **partners**.
這個事業有三個合夥人所擁有

03. They were **partners** in crime.
他們兩個是共犯

04. The **partners** all joined hands and danced in a big circle.
所有的夥伴們都手拉著手圍成一個大圈圈跳舞

05. Are you sure that you want him for your **partner** for life?
你肯定要他做你的終生伴侶嗎？

相關詞

companion 同伴；朋友

範例

(1) Are you alone or with a **companion**?
你單獨一個人還是與朋友一起？

(2) My **companion** remained a while in the shop.
我的夥伴們在商店裏待了一會兒

(3) He needs a traveling **companion**.
他需要一個旅行的同伴

相關詞

accompany 伴隨；同行

範例

(1) He wished her to **accompany** him.
他希望她能陪他

(2) I **accompanied** him on the trip.
我陪他一起旅行

(3) There are minor explosions **accompanied** by small flows of lava.
火山發出幾次輕微的爆炸，並且流出少量的岩漿

相關詞

collaborate 共同合作；通敵

範例

(1) He **collaborated** with me in a new business.
他與我共同合作一項新的事業

(2) We despise those who **collaborate**.
我們鄙視那些通敵的人

patience 名 忍耐；耐性

範例

01. I have no **patience** with such a man.
我無法忍受這種人

02. She has reached the limit of her **patience**.
她已到了耐性的極限了

03. Looking after children requires **patience**.
照料孩子需要耐心

04. **Patience** is a virtue.
忍耐是一種美德

05. He has run out of **patience** with her.
他已經受不了她了

patient 形 能忍耐的 名 病患

範例

01. He is a very **patient** man.
他是個很有耐心的人

02. She is **patient** with others.
她為人非常寬厚

03. She has been **patient** with her difficult husband.
她一直容忍著她那個難相處的丈夫

04. The doctor is very **patient** with his patients.
那位醫生對病人十分有耐心

05. He has been as **patient** as Job.
他一直忍氣吞聲

相關詞

tolerate 容忍

範例

(1) I cannot **tolerate** your lying.
我不能容忍你的謊言

(2) He didn't **tolerate** the fellow.
他並沒有容忍那傢伙

(3) We **tolerate** all opinions here.
我們容許所有的意見

(4) The teachers won't **tolerate** any cheating in exams.
老師們不得容許任何考試有作弊的行為

相關詞

endurance 忍耐

範例

(1) He came to the end of his **endurance**.
他忍無可忍了

pattern 動 模仿；仿造 名 模範；樣式

範例

01. She **patterned** herself after her mother.
她喜歡模仿她母親

02. Her dress is **patterned** on a Parisian model.
她的衣服是仿造巴黎流行的款式裁製的

03. I don't like the **pattern** on the fabric.
我不喜歡那塊布料上的圖案

04. We **patterned** our road system on theirs.
我們的公路系統是照他們的系統設計建造的

05. We like new **patterns** of family life.
我們喜歡新的家庭生活方式

06. The book gives a **pattern** for teenager's behavior.
這本書為十幾歲的孩子行為樹立了標準

07. This school is a **pattern** of what a good school should be.
這所學校就是好學校的榜樣

08. He **patterns** himself after his father.
他以他父親為自己仿效的榜樣

相關詞

design 設計；圖案；意圖

範例

(1) This bag is **designed** for ladies.
這袋子是專為女士設計的

(2) I like the **design** of that rug.
我喜歡那地毯的圖案

(3) The greedy man had **designs** on her fortune.
那貪婪的人企圖得到她的財產

(4) The **design** was to build a new dormitory.
這計畫是建造一個新宿舍

相關詞

illustration 圖解；插圖

範例

(1) **Illustration** is used in teaching children.
兒童教育中常使用圖示法

(2) I like magazines full of **illustrations**.
我喜歡看插圖多的雜誌

(3) I **illustrated** the function of the organization by facts.
我以事實說明這個組織的功能

(4) An apple falling to the ground is an **illustration** of gravity.
蘋果落地是地心引力的一個實例

penetrate 動 | 滲入；識破；洞悉

範例

01. Rain **penetrated** my coat.
雨水滲進我的外套

02. Not many people managed to **penetrate** his disguise.
沒有幾個人識破他的偽裝

03. The aroma of fresh flowers **penetrated** the whole house.
滿屋子散發著新鮮的花香

04. The whole country is **penetrated** with fear.
全國一片恐懼

05. I couldn't **penetrate** the mystery.
我不能洞察這個秘密

相關詞

pierce 貫穿；滲透；洞察

範例

(1) The bullet **pierced** his arm.
子彈貫穿了他的手臂

(2) The icy wind **pierced** her.
冰冷的寒風吹襲著她

(3) A ray of sunlight **pierced** the clouds.
一縷陽光穿透了雲層

(4) He couldn't **pierce** her thoughts.
他無法看透她的心思

(5) Her heart was **pierced** with grief.
她內心悲傷極了

相關詞

puncture 穿透；損害

範例

(1) The incident **punctured** her pride.
這件事傷了她的自尊心

相關詞

bore 令人討厭的

範例

(1) I think she is a dreadful **bore**.
我認為她是個極為討厭的人

(2) This song **bores** me.
這首歌令我生厭

persuade 動 | 說明；說服

範例

01. I **persuaded** the directors that I was innocent.
我想向董事們說明我是無辜的

02. How can I **persuade** you of my sincerity?
我要怎麼做才能使你相信我的誠意呢？

03. He couldn't **persuade** himself that the moment would ever come.
他不相信那一刻真的會來到

04. We worked hard to **persuade** them that we were genuinely interested in the project.
我們想盡辦法要讓他們相信我們對這個專案真的非常感興趣

05. I am **persuaded** of his innocence.
我相信他是無辜的

06. The salesman **persuaded** me to buy her product.
那個推銷說服了我買她的產品

07. My mother **persuaded** easily.
我母親很易被說服

相關詞

convince 確信；說服

範例

(1) I am **convinced** that his is mistaken.
我確信是他弄錯了

(2) I was **convinced** that he knew the truth.
我確信他知道事實

(3) He **convinced** me of his innocence.
他說服我相信他是無辜的

(4) I have a strong **conviction** that he is a spy.
我深信他是間諜

(5) His words carried **conviction**.
他的話令人信服

相關詞

induce 說服；勸說；引發

範例

(1) We **induced** him to come with us.
我們說服他跟我們一起去

(2) Nothing in the world would **induce** me to do that.
什麼都無法勸我去做那件事

(3) Her illness was **induced** by overwork.
她的病是因工作過度引起

(4) Excessive drinking **induces** alcoholism.
過度飲酒會導致酒精中毒

pinch 動｜捏；拮据

範例

01. My new shoes **pinch** my feet.
我的新鞋夾腳

02. The cold **pinched** my face.
我的臉凍的發痛

03. He is **pinched** for money.
他經濟拮据

04. He ran away when it comes to the **pinch**.
在緊要關頭他跑掉了

05. When I was in a **pinch** he stood by me.
當我陷入困境時他幫了我忙

06. He tried to **pinch** money out of me.
他試圖勒索我的錢

07. He finally knows where the shoe **pinches**.
他終於瞭解問題癥結所在

08. He was **pinched** for pushing drugs.
他因販毒被捕

相關詞

squeeze 擠壓；緊握

範例

(1) The last bit of toothpaste came out finally after he **squeezed** the tube hard.
在他使勁擠著牙膏管子之後，終於擠出了最後一點牙膏

(2) She **squeezed** some juice from a lemon.
她從一顆檸檬中擠出了一些汁

(3) He **squeezed** my hand before I left.
在我離開之前他緊緊握著我的手

(4) Climbing cost of materials **squeezes** our profits.
原物料成本上漲壓縮了我們的利潤

(5) He helps me at a **squeeze**.
他在我危急之際幫助了我

相關詞

press 壓榨汁液；緊抱

範例

(1) Wine is **pressed** from the grapes.
葡萄酒是壓榨葡萄製成的

(2) She **pressed** the frightened child to her heart.
她把受了驚嚇的孩子摟在懷裏

(3) He **pressed** her to come with him.
他強迫她跟他走

pledge 動 發誓；保證 名 抵押品

範例

01. They **pledged** their loyalty.
他們宣誓效忠

02. I **pledged** myself to fulfill the promise I had made.
我保證實踐自己的諾言

03. The house was **pledged** as security for loans.
這房子被當作貸款的抵押

04. He gives his **pledge** that he will quit smoking.
他發誓要戒煙

05. He put bonds in **pledge** for a loan.
他將債券作抵押以取得貸款

06. We drank a **pledge** to their success.
我們舉杯祝願他們成功

相關詞

guarantee 保證

範例

(1) The policy **guarantees** us against all loss.
這種保險契約保障我們免受任何損失

(2) They offered their house as a **guarantee**.
他們以房子作抵押擔保

(3) We **guarantee** against all defects in our products.
我們保證我們的產品絕無瑕疵

相關詞

swear 發誓

範例

(1) The witness **swore** to tell the truth.
證人發誓保證講真話

(2) You have to **swear** an oath before giving evidence.
你在作證前要先發誓

(3) I **swear** I will keep my promise.
我發誓會守住自己的承諾

(4) You must **swear** him to silence.
你一定要他發誓保持沉默

(5) I will be **sworn**.
我發誓

position 名 職位；場所；立場

範例

01. He has a high **position** in his company.
他在他公司職位很高

02. He is checking our **position** on the map.
他正在查地圖看我們的位置

03. I am not in a **position** to help you.
我沒有立場幫你

04. What's your **position** on this problem?
你對這問題持什麼態度？

05. She didn't put in the right **position**.
她沒有放到對的位子上

相關詞

situation 處境；立場

範例

(1) He is in a difficult **situation**.
他處境困難

(2) In my **situation**, I have nothing to say.
以我的立場，我沒有什麼可以說

(3) The economic **situation** is now different.
現在經濟形勢不同了

(4) His house has a beautiful **situation** on a hill.
他的房子座落在小山上，環境優美

相關詞

place 立場；職務

範例

(1) If I were in your **place**, I would take the job.
如果我是你的立場，我就會接受這份工作

(2) He found a **place** as a salesman.
他找到一個銷售員的工作

(3) He has a nice **place** in the country.
他在鄉下有一個不錯的房子

相關詞

location 位置

範例

(1) We must decide on the **location** of new office.
我們必須決定新辦公室的位子

(2) His house was **located** on a hill.
他房子位於小山上

pretense 名 | 藉口；偽裝

範例

01. He cheated me under **pretense** of sickness.
他以生病為藉口騙了我

02. Her religion is a mere **pretense**.
她的信仰是偽裝的

03. He talked without **pretense**.
他洋洋灑灑的吹噓著

pretend 動 | 佯裝

範例

01. He **pretended** to be friendly with everyone.
他假裝對每個人都很友善

02. She **pretended** that she was innocent.
她假裝自己是無辜的

03. He **pretended** as if he were ignorant.
他佯裝自己不知道

04. The girl wasn't really crying, she was only **pretending**.
那女孩並不是真的哭，她只是假裝而已

相關詞

fake 假裝；偽造

範例

(1) I thought she was really hurt but she was **faking** it.
我以為她受傷了，其實她只是在裝樣子

(2) The police discovered several **fakes** in the art collection.
警察在這批藝術收藏品中發現了幾件贗品

(3) He **faked** an opposing player out of position.
他用假動作使一名對手離開了自己的位置

(4) The whole story was **faked** up.
整個故事都是瞎編的

相關詞

bluff 假象；虛唬

範例

(1) He **bluffed** me into believing that he was innocent.
他裝一副無辜讓我相信他是清白

(2) He is just **bluffing**, don't be afraid of him.
他只是虛唬人的，不要怕他

(3) Her threats are merely **bluff**.
她的威脅只是虛張聲勢

Note

Chapter
Q
Chapter

quality 名 | 品質；特質

範例

01. I prefer quality to **quantity**.
我重質勝於重量

02. I examine the **quality** of the new products carefully.
我仔細的檢查新產品的品質

03. We sell merchandise of **quality**.
我們銷售優良品質的商品

04. One of the **qualities** of this material is that it does not wrinkle.
這塊衣料的特性之一是不會起皺

05. Modesty is one of his good **qualities**.
謙虛是他的美德之一

相關詞

nature 本質

範例

(1) He has a gentle **nature**.
他具有溫和的本性

(2) She loves reading by **nature**.
她天生喜好閱讀

(3) The **nature** of iron differs greatly from that of wood.
鐵與木的性質有很大區別

相關詞

character 性格；特徵

範例

(1) He has a **changeable** character.
他有個多變的性格

(2) He is a man of **character**.
他是個品性正直的人

(3) She has a face with no **character**.
她長的沒有什麼特徵

(4) She has a strong **character**.
她性格剛毅

(5) He's quite a **character**.
他也真有個性啊

quantity 名 | 數量；許多的

範例

01. Mathematics is the science of pure **quantity**.
數學是研究純量之科學

02. We have received **quantities** of mail on this subject.
關於這個主題我們收到很多的信件

03. There is a small **quantity** of ice left in the bottle.
瓶子裏還剩下少量的冰塊

04. I seldom buy books in **quantity**.
我很少大量採購書籍

05. She has **quantities** of good clothes.
她有許多好衣服

相關詞

amount 總數

範例

(1) What is the **amount** he owes them?
他總共欠他們多少錢啊？

(2) Our factory needs a small **amount** of fuel.
我們工廠需要少量的燃料

(3) What's the **amount**?
總額是多少？

(4) He has an **amount** of money.
他有很多的錢

相關詞

number 數目

範例

(1) Strength lies in **numbers**.
人多力量大

(2) Cars are increasing in **numbers**.
汽車的數量一直在增加中

(3) The **number** of horses on the range was small.
牧場的馬匹數目不多

(4) I am not of their **number**.
我不是他們這樣的人

相關詞

sum 總數

範例

(1) It cost him a large **sum** of money.
這些東西花了他不少錢

(2) He earned a large **sum** of money.
他賺了一大筆錢

(3) The matter may be **summed** up in one sentence.
這件事可以用一句話來概括

quit 動 | 離開；退出

範例

01. Quit worrying about me, please.
請不要擔心我

02. He quit the room in anger.
他憤然離開房間

03. He quit smoking two years ago.
他兩年前戒煙了

04. She finally quit herself of fear.
她終於消除了恐懼

05. I never thought he quit love with hate.
我沒想過他恩將仇報

06. He quit his job last month.
他上月把工作辭了

相關詞

leave 離開；停止

範例

(1) He left the office at three o'clock.
他三點離開了辦公室

(2) They left off talking when I approached.
當我走近時他們就停止交談

(3) She left school last year and is working in our company.
她去休學並且現在在我們公司上班

(4) I felt I had little energy **left**.
我感到一點勁也沒

相關詞

peace 和平；安靜

範例

(1) We live at **peace** with our neighbors.
我們與鄰居和睦相處

(2) Leave me in **peace**.
不要管我

(3) The town looked very **peaceful**.
這小鎮看起來很寧靜

相關詞

cease 停止；結束

範例

(1) The project has **ceased**.
這計畫已終止了

(2) The matter has **ceased** to be a mystery to everyone.
這件事對大家已不再是個謎

quiver 動 | 抖動；震動

範例

01. She was **quivering** with cold.
她冷的發抖

02. The building **quivered** as the explosive went off.
當爆炸時整棟大樓搖晃很大

03. There was a slight **quiver** in his voice as he spoke.
他說話時聲音有些顫抖

04. Can't you see a **quiver** of her lips?
你沒看到她的嘴唇在發抖嗎？

相關詞

shake 動搖； 震動

範例

(1) The news **shook** his religious faith.
這消息動搖了他的宗教信仰

(2) We were **shaking** with cold.
我們冷的發抖

相關詞

tremble 顫抖

範例

(1) She was **trembling** with fear.
她嚇的發抖

(2) Her voice **trembled** with anger.
她氣到聲音都發抖了

(3) They **trembled** with cold.
他們冷到發抖

相關詞

quake 震動

範例

(1) I stood there **quaking** with fear.
我站在那兒，嚇得直打哆嗦

(2) He **quaked** with excitement.
他興奮的發抖

相關詞

shiver 顫慄

範例

(1) I **shivered** with cold.
我冷到發抖

Note

Chapter R

Chapter

race 動 賽跑；火速 名 競賽

範例

01. The boy **raced** with me.
這男孩和我賽跑

02. She **raced** to the phone.
她飛快地跑向電話

03. The taxi driver **raced** me to the airport.
計程車司機駕車將我火速送到機場

04. Who won the **race**?
誰贏了這場比賽？

05. He ran a **race** with me.
他同我賽跑

racetrack 名 賽馬場；跑道

範例

01. There is no **racetrack** near here.
這附近沒有賽馬場

02. The **racetrack** is muddy.
那跑道泥濘不堪

相關詞

running 賽跑

範例

(1) He practices **running** every morning.
他每天早上練習賽跑

(2) He had no **running** left in him at the finish.
他到終點時一點氣力也沒有了

(3) The machine is in **running** order.
這台機器運轉正常

相關詞

speed 速度

範例

(1) The car **sped** away.
汽車急速而去

(2) She was driving at full **speed**.
她以全速開車

(3) The process of change has been **sped** up and intensified.
演變的過程已越來越為迅速和劇烈

raise 動 舉起；升起
名 價格提高

範例

01. A technological society can **raise** the living standards of its citizens.
科技社會能提高國民的生活水準

02. The boy **raised** his hand to ask a question.
這男孩舉起手發問

03. **Raise** no more spirits than you can conjure down.
量力而為

04. Did you get the **raise**?
你加薪了沒？

05. We **raise** him in our arms.
我們把他舉起來

06. No one **raised** any objection.
沒有人提出反對意見

07. The landlord **raised** my rent.
房東提高了我的租金

相關詞

rise 上升

範例

(1) The sun **rises** in the east and sets in the west.
太陽從東方升起，西方落下

(2) Prices have **risen** surprisingly.
物價上漲的很驚人

(3) She has **risen** from the rank.
她已經升官了

(4) The river **rose** after the heavy rain.
大雨過後河流水位上升

(5) We ask for a **rise**.
我們要求加薪

相關詞

lift 舉起

範例

(1) He **lifts** up a heavy box.
他舉起很重的箱子

(2) **Lift** a weight off my mind
我如釋重負

rate 動 評論
名 比率；速度；等級

範例

01. She **rated** the novel dull.
她評論這本小說很沉悶

02. The unemployment **rate** is rising in our country.
我們國家的失業率正在上升中

03. Do you know how much the interest **rate**?
你知道利率是多少嗎？

04. The car was going at the **rate** of seventy miles an hour.
這車子以每一小時七十哩的速度前進

05. This is a **first-rate** hotel
這是第一流的旅館

06. At this **rate**, he will be able to finish it tomorrow.
依照這速度他明天就可以完工了

07. At any **rate**, it will be a good experience for us.
無論如何，這對我們會是個很好的經驗

08. He gave his children a **first-rate** education.
他給他的孩子們一流的教育

相關詞

ratio 比例

範例

(1) There is a **ratio** of five men to three women in our employees.
我們員工男女比例為5:3

(2) We divided it in the **ratio** of 2:1.
我們將它分為二比一

(3) The **ratio** of 15 to 5 is 3 to 1.
十五與五的比率是三比一

相關詞

proportion 比例

範例

(1) The **proportion** of imports to exports is worrying the government.
進出口的比例令政府擔憂

(2) Steps must be taken to reduce the problem to manageable **proportions**.
必須採取措施將問題縮小到可控制的範圍

react 動 | 反應；反作用

範例

01. How did she **react** to the news?
她對這個消息的反應如何？

02. Unkindness often **reacts** on the unkind person.
惡人往往有惡報

03. He **reacted** against price increases in his speech.
他在演講中反對物價上漲

04. An acid can **react** with a base to form salt.
酸和鹼反應會產生鹽

05. Eyes **react** to light.
眼睛對光有反應

06. The two **react** upon each other.
這兩者互相影響

相關詞

effect 影響

範例

(1) This had a great **effect** upon the future of both the mother and the son.
這對母子倆的將來影響很大

(2) The medicine had no **effect** on me.
這藥對我沒有用

(3) The **effect** speaks, the tongue needs not.

事實勝於雄辯

相關詞

affect 影響

範例

(1) Alcohol **affects** the brain.
酒精會影響腦部

(2) The amount of rain **affects** the growth of crops.
雨量影響作物的成長

(3) His words **affected** me deeply.
他的話深深的感動著我

相關詞

answer 回覆

範例

(1) I am waiting for an **answer** to my letter.
我正在等候回信

(2) He didn't **answer** my question.
他沒有回答我的問題

receive 動 | 收受；歡迎

範例

01. I haven't **received** any news from them yet.
我還沒收到他們任何消息

02. They **received** us warmly.
他們熱情的歡迎我們

03. Any suggestion will be **received** with thanks.
任何建議我們都欣然接受

04. When you **receive** the goods, please send an email to inform me.
當你收到商品時，請發個電子郵件通知我

05. They have **received** the order to have a meeting.
他們接受到指示召開會議

06. It is more blessed to give than to **receive**.
施比受更有福

07. I will arrange you to **receive** the clients tomorrow afternoon.
我將會安排你明天下午接見客人

相關詞

accept 接受

範例

(1) I received his offer but did not **accept** it.
我收到他的提議，但是我沒有接受

(2) I **accept** my defeat.
我接受我的失敗

(3) I cannot **accept** that the company will go bankrupt.
我無法接受公司即將要破產

(4) They have **accepted** our invitation.
他們已接受我們的邀請

(5) He wouldn't **accept** that drinking was detrimental to health.
他不相信喝酒有害健康

相關詞

obtain 得到；保留

範例

(1) He failed to **obtain** a scholarship.
他沒有獲得獎學金

(2) Those conditions no longer **obtain**.
那些情形已經不存在

recover 動 | 恢復

範例

01. I have **recovered** my health.
我的健康已經康復了

02. It's hard to **recover** lost time.
彌補失去的時間並不容易

03. She made a great effort to **recover** herself.
她努力使自己鎮定下來

04. I think he will **recover**.
我想他會復元的

recovery 名 | 復元

範例

01. She made a quick **recovery** from her illness.
她恢復的很快

02. He made a quick **recovery** from his illness.
他很快就病癒了

03. An anonymous call led to the **recovery** of the stolen jewellery.
一個匿名電話導致被盜走的珠寶失而復得

相關詞

recruit 靜養

範例

(1) Rest and water **recruited** him.
休息和喝水使他恢復了體力

(2) You had better go to the country to **recruit**.
你最好到鄉下去靜養

相關詞

recuperate 恢復健康

範例

(1) After his illness, he has gone to the country to **recuperate**.
他病後到鄉下去休養

(2) He took a week of vacation to **recuperate** his strength.
他休了一周的假期以恢復元氣

相關詞

refresh 恢復

範例

(1) A cup of coffee **refreshed** me.
一杯咖啡使我精神恢復了

(2) Hearing his advice was like **refreshment** to me.
他的勸告使我振作精神

reduce 動 | 減少

範例

01. He has been **reducing** his weight for two months.
他已經減肥了兩個月了

02. He **reduced** his ideas to a picture.
他將他的想法畫出一個藍圖

03. I am trying to **reduce** the expenses.
我正在試圖減少開支

04. The chairman **reduced** all the questions to one, finally.
最後主席將所有問題歸納為一

05. It is easy to **reduce** weight if you watch your diet.
假如你注意飲食減肥並不難

相關詞

decrease 降低

範例

(1) They are making every effort to **decrease** the production cost.
他們正盡力減少生產成本

(2) The population began to **decrease**.
人口開始減少

(3) These measures will help **decrease** the cost of production.
這些措施有助於降低生產成本

相關詞

curtail 削減

範例

(1) The government hopes to **curtail** public spending.
政府希望縮減公共事業開支

(2) The management team **curtailed** the budget of expenses.
管理團隊縮減了費用預算

(3) The chairman asked me to **curtail** a speech.
主席要求我縮減演講稿

(4) Their privileges were **curtailed**.
他們的特權被削減了

相關詞

shorten 縮短

範例

(1) The new highway **shortens** the distance.
新公路縮短了距離

refuse 動｜拒絕

範例

01. He **refused** my requirement.
他拒絕了我的要求

02. The engine **refused** to start.
引擎怎麼也發動不起來

03. It never occurred to me that he would **refuse**.
我完全沒想到他會拒絕我

04. He **refused** my offer of help.
他拒絕了我的幫助

05. I **refused** to discuss the matter.
我拒絕討論這件事

refusal 名｜拒絕

範例

01. She shook her head in **refusal**.
她搖頭表示拒絕

02. I gave him a flat **refusal**.
我斷然的拒絕他

03. He **refused** to go with me.
他拒絕跟我一起走

相關詞

reject 拒絕

範例

(1) The board of directors **rejected** our proposal.
董事會拒絕了我們的提議

(2) He **rejected** my idea.
他拒絕了我的想法

(3) The patient's body **rejected** the liver transplant.
病人的身體排斥了移植的肝臟

(4) The plan was **rejected** by me.
這計劃被我拒絕了

(5) The prisoner's plea for pardon was **rejected**.
該犯人申請赦免被駁回

相關詞

rebuff 斷然拒絕

範例

(1) She **rebuffed** all his offers of friendship.
她拒絕和他交朋友

(2) My suggestion was very sharply **rebuffed**.
我的建議遭到斷然拒絕

regard 動 認為；注視；尊重
名 注意；專心；關係

範例

01. We **regard** scholarships highly.
我們對學術的評價很高

02. No one showed the least **regard** for my feelings.
沒人關心我的感受

03. The boss has a very high **regard** for your abilities.
老闆非常器重你的能力

04. I was so lucky in that **regard**.
在那件事上我真的很幸運

05. She had very little **regard** for the feeling of others.
她不怎麼重視他人的感受

06. You are right in this **regard**.
這一點你對了

07. Please give my **regards** to your father.
請代我問候您父親

08. You can't destroy the relationship between us without **regard** to the consequence.
你不能不顧後果的破壞我們之間的關係

相關詞

respect 尊重；涉及

範例

(1) We must **respect** the laws of the country we are in.
我們必須遵守所在國家的法律

(2) I **respect** your moral standards.
我尊重你們的道德標準

(3) The two plans differ in one major **respect**.
這兩個計劃在一個主要方面有所不同

(4) Give my **respects** to your parents.
請代我問候你的父母親

(5) We treated you with **respect**.
我們對您很敬重

相關詞

concern 關注；涉及

範例

(1) The email is chiefly **concerned** with suppliers.
這封電子郵件是有關於供應商

(2) I expressed my **concern**.
我表示了我的關切

regret 動 後悔；遺憾
名 後悔；哀傷

範例

01. I believe you will **regret** leaving the company.
我相信你會為離開這公司而後悔的

02. I **regret** that you see it like that.
你這樣看待這件事我感到很遺憾

03. I **regret** that I cannot help you.
我很遺憾無法幫你

04. The boy felt no shame and no **regret**.
那男孩既不感到羞愧也不覺得遺憾

05. I had no **regrets** for his actions.
我對他的行為一點都不感到遺憾

06. I am **regretful** for what I have done.
我為我所做的事感到抱歉

07. It's **regrettable** that I couldn't go.
很遺憾我無法去

08. He did such a **regrettable**.
他做出這種事真讓人遺憾

相關詞

sorry 抱歉；遺憾

範例

(1) I am so **sorry** I could not go.
很抱歉我不能去

(2) You will be **sorry** for this.
你將來一定會為這件事後悔

(3) I am **sorry** to hear you lost your father.
我為你失去父親而感到難過

(4) I am very **sorry** to inform you of this.
很遺憾的通知你這件事

(5) We are **sorry** to be late.
對不起我們來遲了

相關詞

repent 懊悔

範例

(1) I **repent** refusing the offer.
我後悔拒絕了那個提議

(2) I **repented** of my mistake.
我為自己的錯而懊悔

remain 動 | 保持；繼續

範例

01. The decision **remains** with the general manager.
還是留給總經理做決定

02. Several problems **remain** to be solved.
有好幾個問題尚待解決

03. We went but he **remained**.
我們走了但他留下來

04. Not much **remains** to be done.
沒剩多少事要做的

05. He **remained** silent all night.
他整個晚上沉默不語

06. His face **remained** expressionless.
他臉上仍然沒有表情

07. Little of the original architecture **remains**.
原先的建築物幾乎片瓦不留

08. I **remained** speechless.
我保持沉默

相關詞

keep 保持

範例

(1) We are still **keeping** in touch with each other after I came back.

在我回來之後我們一直保持跟對方聯絡

(2) Please **keep** in mind that you promised to call me every week.
請記得，你答應我每周會打電話給我

(3) You **keep** out of this.
你別過問這件事

(4) I **kept** them all the time to remind me of you.
我一直保存著他們，以此喚起我對你的記憶

(5) She **kept** the child quiet.
她讓孩子別出聲

相關詞

maintain 維持

範例

(1) I **maintain** good relations with her.
我維持和她的良好關係

(2) He **maintains** his car very well.
他把他的車子保養的很好

require 動 | 要求；必要

範例

01. I **require** you to accept these conditions.
我要求你們必須接受這些條件

02. The house **requires** repairing.
這房子需要修理了

03. This matter **requires** haste.
這些事必須要趕快做

04. The boss **required** us to work all night.
老闆要求我們通宵工作

05. Much time and effort was **required** for the achievement.
為了達成目的，必須花費更多的時間和努力

06. This project will **require** less money.
這項計畫所需的投資較少

相關詞

ask 要求

範例

(1) He is **asking** for your help.
他正在要求你幫他

(2) The lady **asked** for a cup of coffee.
這女士要一杯咖啡

(3) He **asked** more food.
他要求更多的食物

(4) I **ask** her to get in touch with the Chairman as soon as possible.
我要求她儘快跟董事長聯絡

(5) I would like to **ask** you a favor.
我想請你幫個忙

相關詞

query 質問

範例

(1) We have a **query** about his plan.
對於他的計劃我們有一個疑問

(2) He raised several **queries** about the budget.
對於這份預算他提出了幾個質疑

(3) **Query**, when will they carry out the project?
請問他們什麼時候執行這一個方案

revive 動 | 甦醒；再興

範例

01. President promised to **revive** the economy.
總統承諾振興經濟

02. The doctor **revived** an unconscious child.
這醫生救醒了一個失去知覺的小孩

03. These pictures **revived** memories of our childhood.
這些照片喚起了我們的童年時代

04. Some of the old plays we had seen years before were **revived** on the stage.
我們多年前的舊戲中有幾齣又重新上演了

05. Hot soup **revived** the cold, tired man.
熱湯使這個又冷又累的人恢復了精神

06. The old style has **revived**.
這舊樣式又重新流行

07. A cup of coffee **revived** me.
這杯咖啡使我精神振作

08. The flowers **revived** after the rain.
雨後花朵們都復甦了

相關詞

restore 復元；轉換

範例

(1) She was completely **restored**.

她已經完全復元

(2) The new CEO's job is to **restore** the company's profitability.
新執行長的任務是使公司虧損轉為贏

(3) I wonder if this picture can be **restored**.
我很好奇這幅畫能否能修復

相關詞

refresh 恢復

範例

(1) The iced tea will **refresh** you.
這杯冰茶會讓你恢復清醒

(2) You will feel **refreshed** after a cup of coffee.
喝杯咖啡後你會感覺到精神暢快

(3) They **refreshed** their winter food supply by hunting.
他們通過打獵補充了冬季食物

root 動 根除；根深地固
名 根源

範例

01. It is **rooted** in experience.
這是基於經驗的

02. Do you really think it is possible to **root** out crime?
你真的認為可以根除犯罪嗎？

03. The plant **roots** quickly.
這種植物生根生的很快

04. He was **rooted** to the spot by fear.
他嚇得動彈不得

05. The idea has taken strong **root**.
這想法已經根深地固

06. We pulled up the tree by the **roots**.
我們將這棵樹連根拔起

07. Money is the **root** of all evil.
金錢是萬惡之源

08. These plants have very deep **roots**.
這些植物的根長的很深

相關詞

origin 起源

範例

(1) We all don't know the **origin** of the rumor.
我們都不知道謠言的來源

(2) Most people have not clear notion as to the **origin** of modern technology.
大部份的人對於現代技術的起源沒有清新的概念

(3) I want the **original**, not a copy.
我要原版的不要複製品

相關詞

source 來源；根源

範例

(1) They are **sourcing** from abroad in order to save money.
為了省錢他們從國外進口原材料

(2) Money is the **source** of all troubles.
金錢是所有紛爭的根源

(3) The river takes its **source** from the lake.
那條河源自於這個湖

Note

Chapter
S
Chapter

save 動 | 救助；守護

範例

01. This machine will **save** us a lot of cost.
這台機器可以幫我們省下很多成本

02. The computer will **save** us a lot of time.
電腦將使我們省下許多時間

03. It **saved** me the trouble from having to go back again.
那省得我回家一趟

04. **Save** your breath!
省省你的力氣吧

05. I promised to **save** a room for him.
我答應留一個房間給他

06. She **saved** for the future.
她為將來儲蓄

07. He **saved** a lot of money for buying a house.
他為了買房子存了一大筆錢

08. You have **saved** my life.
你救了我一命

相關詞

store 儲存

範例

(1) We must **store** up fuel for the winter.
我們必須儲存燃料備冬

(2) Water is **stored** against the dry season.
儲水以備旱

(3) Good news was in **store** for us at home.
好消息已在家等我們

(4) They had a good **store** of food.
他們已儲藏著充份的食物

(5) The grain here is for **store**.
此處的糧食供備糧用

相關詞

economize 節約

範例

(1) He **economized** by using buses instead of taking taxis.
他不坐計程車而改乘公車以節省錢

(2) We have to **economize** on water during the dry season.
我們在旱季不得不節約用水

scan 動 審視；掃描

範例

01. He **scanned** the headlines of the evening paper.
他瀏覽了晚報的大標題

02. The radar **scanned** the sky for enemy planes.
雷達探尋天空敵機的蹤跡

03. His mother **scanned** his face to see if he was telling the truth.
他母親察看他的面色看他是否在講真話

04. She **scanned** the list of names to see if hers was on it.
她匆匆掃視名單看看自己的名字是否列於其上

05. The second **scan** revealed a brain tumor.
第二次掃描顯示出一個腦瘤

相關詞

examine 檢查

範例

(1) I had my eyes **examined**.
我去檢查了眼睛

(2) The doctor **examined** the boy and found there was nothing the matter with him.
醫生檢查了男孩的身體發現他是健康的

(3) The lawyer **examined** the witness.
律師詢問了證人

相關詞

inspect 調查

範例

(1) They **inspected** the roof for leaks.
他們檢查屋頂是否有漏隙

(2) The governor **inspected** the new power station.
政府官員視察了新的發電廠

(3) Health Department officials came to **inspect** the factory.
衛生部的官員來視察這個工廠

(4) He **inspected** every part of the machine.
他檢察了機器的每一部份

相關詞

scrutinize 細本

範例

(1) She **scrutinized** every detail in the document.
她仔細檢查這份文件的每一個細節

(2) The teacher **scrutinized** every report of the study.
老師仔細檢查這份研究的每一個報告

schedule 動 預定 名 時間表；進度表

範例

01. The meeting was **scheduled** for that evening.
會議預定在那天傍晚舉行

02. The delegation is **scheduled** to arrive tomorrow.
代表團定於明日到達

03. She was **scheduled** to attend the party.
她預計要參加那個宴會

04. I have a heavy **schedule** tomorrow.
我明天將有繁重的工作

05. The work was completed according to **schedule**.
工作按預定計劃完成

06. They have planned a tight **schedule** of travel.
他們安排了一個緊湊的旅行日程

07. The teacher posted the **schedule** of classes.
教師將課程表公佈出來

08. Do you have a **schedule** of postal charges?
你有郵資價目表嗎？

相關詞

list 列表

範例

(1) He made a **list** of new members.
他將新進人員編成一個名冊

(2) Mother **listed** the items she wanted to buy.
母親把她想買的東西列出清單

(3) These items are to be **listed** in the catalog.
這些項目將被列入目錄

相關詞

timetable 時刻表；行程

範例

(1) The heavy fog upset our **timetable** for the trip.
濃霧打亂了我們的行程

(2) You can find the times of your trains in this **timetable**.
你可在這一時刻表上找到你的火車時刻

scramble 動 爬登；爭奪 名 搶奪；攀登

範例

01. The boys **scrambled** over the rocks.
這些男孩們爬過岩石

02. The children **scrambled** for the toys.
這群孩子們在爭奪玩具

03. He **scrambled** up his hair then went out.
他匆匆梳了頭髮就出門

04. She **scrambled** on her clothes then went out.
她匆匆穿上了衣服就出門

05. She **scrambled** eggs to kids for breakfast.
她炒了雞蛋給孩子們早餐食用

06. There was a **scramble** for seats.
為座位而吵

07. There was a **scramble** for the best seats.
大家爭搶最好的位置

08. It's quite a **scramble** to get to the mountain top.
要相當辛苦攀登才能到達山頂

相關詞

climb 攀登

範例

(1) We started to **climb** the hill.
我們開始爬山了

(2) Have you ever **climbed** Mt. Rainer?
你有攀登過Rainer山嗎？

(3) I **climbed** in through the window.
我從窗戶爬進去

(4) The price of grain **climbed** back.
糧價逐漸回升了

(5) The path is an easy **climb**.
這條小徑很容易攀登

相關詞

compete 對抗；競爭

範例

(1) The students **competed** with each other for the prize.
學生們為了得獎而互相競爭

(2) We will **compete** with the best teams.
我們將與最好的隊伍競爭

seal 動 蓋章；封印 名 印章；圖章

範例

01. The treaty was signed and **sealed** by both governments.
條約已經過兩國政府簽字蓋章

02. She forgot to **seal** her letter before mailing it.
她忘記在寄信前將信封貼上

03. They **sealed** the bargain with a handshake.
他們握手成交

04. The tube is **sealed** at both ends.
這管子的兩端都是密封的

05. We must affix our **seal** to the contract.
我們必須在合約書上蓋章

06. There was no official **seal** on the document.
這份文件上沒有蓋上官印

07. He signed and **sealed** the document.
他在文件上簽字並加封

08. My lips are **sealed**.
我不會露出一點口風

相關詞

sign 簽署；示意

範例

(1) The lawyer **signed** the documents.
律師在文件上簽名

(2) She **signed** her name on the check.
她在支票上簽名

(3) He **signed** with the firm.
他與那間公司簽約

(4) She **signed** to us to stop talking.
她示意要我們不要說話

(5) He **signed** his wish to leave.
他示意要離開了

相關詞

signature 簽名

範例

(1) He put his **signature** there.
他在那裏簽上名

(2) Her **signature** is very beautiful.
她的簽名很漂亮

seat 動 就位
名 座位；議席

範例

01. I found he **seated** himself in a chair.
我發現他在椅子上坐下

02. The auditorium **seats** 1,500 people.
這禮堂可容納一千五百人座位

03. I reserved a **seat** by telephone.
我用電話預約了座位

04. She lost her **seat** in the last election.
上次選舉她失去了席位

05. His party has one third of the **seats** in Parliament.
他在那個黨議會中佔三分之一的席位

06. Is this **seat** taken?
這座位有人坐嗎？

相關詞

chair 椅子；主持會議

範例

(1) He will **chair** the meeting.
他將擔任會議的主席

(2) We would like you to **chair** the meeting.
我們想請您主持會議

(3) She is sitting in a **chair** and reading a novel
她邊坐在椅子上邊讀小說

(4) The **chair** called the meeting to order.
主席宣佈會議開始

(5) The murderer got the **chair**.
兇手遭電椅處決

相關詞

couch 長椅；沙發；表達

範例

(1) She is sitting on the **couch**.
她坐在長沙發上

(2) The sick child was lying on the **couch** in the living room.
病童躺在起居室的長沙發上

(3) His criticism was **couched** in very tactful language.
他的批評措辭很圓滑

shatter 動 | 粉碎；破滅

範例

01. The explosion **shattered** the windows of the building.
爆炸將那棟建築的玻璃窗炸的粉碎

02. The glass **shattered**.
玻璃杯碎了

03. The heavy rain **shattered** on the roof.
大雨打在屋頂上

04. His hopes of finding a better job were **shattered**.
他想找份好一點工作的希望破滅了

05. Nothing could **shatter** his faith.
沒有什麼東西能動搖他的信念

06. I feel absolutely **shattered**.
我感到筋皮力盡

相關詞

crush 壓破

範例

(1) He **crushed** the box by sitting on it.
他坐在箱子上而把它壓壞了

(2) The general **crushed** the rebellion.
將軍勦平了叛亂

(3) There was such a **crush** on the bus that no one could move.

巴士上擠得水泄不通誰也無法動彈

相關詞

crash 撞碎；墜落

範例

(1) The dishes **crashed** to the floor.
盤子掉到地上破碎了

(2) They **crashed** their tanks through the railings.
他們開著坦克嘩啦一聲衝過圍欄

(3) The tower fell to the ground with a **crash**.
隨著一聲巨響塔崩倒在地上

(4) The plane **crashed** shortly after the takeoff.
飛機起飛後不久即墜毀

相關詞

smash 粉碎；重擊

範例

(1) The cup dropped on the floor and **smashed** into pieces.
杯子掉在地上摔得粉碎

(2) The player **smashed** all the records.
這選手打破了所有的紀錄

shed 動 | 流下；脫落；散發

範例

01. She **shed** tears when she heard the sad news.
當她聽到壞消息時淚水潸潸流下

02. She **shed** tears over her loss.
她因遭受損失而流淚

03. The sun **sheds** light and warmth.
太陽發射光和熱

04. The tree **sheds** its leaves in fall.
樹在秋天落葉

05. This method can help students **shed** inhibitions.
這方法可以幫助學生去除疑慮

相關詞

flow 流動

範例

(1) Tears of happiness were **flowing** down her cheeks.
快樂的淚水自她面頰流下

(2) The river **flows** into the Pacific.
這條河流入太平洋

(3) A **flow** will have an ebb.
物極必反

相關詞

cast 掉落；投射

範例

(1) The trees in the orchard **cast** their blossoms after the storm.
暴風雨後果園裡樹上的花掉落了

(2) The tree **cast** a shadow in the garden.
那顆樹的影子投射在花園裏

(3) He **cast** an eye at the woman.
他的目光盯著那個女人

相關詞

spread 流散

範例

(1) The fire **spread** from the factory to the warehouse nearby.
火從工廠蔓延到了附近的倉庫

(2) The rumor **spread** rapidly.
流言很快的散發出去了

(3) The **spread** of pests damaged countless fruit trees.
蟲害的蔓延損害了無數的果樹

situation 名 | 立場；狀態

範例

01. I am in a very delicate **situation**.
我處在一個微妙的處境中

02. He is in a difficult **situation**.
他處境困難

03. The political **situation** is very complicated.
政治狀況是非常複雜的

04. The economic **situation** is now different.
現在的經濟形勢已經不同了

05. The hotel has a beautiful **situation** on a hill.
這旅館位於小山上環境優美

相關詞

location 位置

範例

(1) We must decide on the **location** of our new office.
我們必須決定新辦公室的地點

(2) The hotel's **location** has a beautiful view.
這旅館的位置有很漂亮的視野

相關詞

position 職位；位置

範例

(1) He holds a high **position** in their company.
他在他們公司的職位很高

(2) I am not in a **position** to help.
我沒有立場幫你

(3) He got a **position** in the company.
他在這公司找到一個職位

(4) The desk used to be in this **position**.
這桌子本來是放在這的

相關詞

place 地方；位置

範例

(1) It is a very hot **place** here.
這裏是一個非常熱的地方

(2) She found a **place** as a cashier.
她得到一個出納的工作

(3) His happiness gave **place** to a feeling of despair.
他的喜悅變成了一種絕望的感覺

solution ㊔ 解決問題；解答；溶解

範例

01. It took me all day to find the **solution** to the problem.
解決這個問題花了我一整天

02. It may take a long time to find a **solution** to the problem.
找到這個問題的解決辦法可能要花很長的時間

03. The **solution** of the problem requires a lot of time.
解決這個問題需要花一些時間

04. He made a **solution** by mixing salt with water.
他混合了鹽和水成溶液

05. She rinsed her mouth with a **solution** of salt in water.
她用鹽水漱口

相關詞

solve 解決

範例

(1) Have you **solved** all the problems?
你把所有問題解決了嗎？

(2) He finally **solved** the problem with the help of his friends.
在朋友的幫忙下他終於解決了問題

相關詞

resolution 決議；解答

範例

(1) He lacks resolution.
他缺乏決斷力

(2) We have passed the **resolution** to develop a new production line.
我們已通過決議開發新產品線

(3) His generosity led to the **resolution** of all our difficulties.
他的慷慨相助使我們的困難都得以解決

(4) The board of directors passed the **resolution**.
董事會通過這個方案

相關詞

dissolve 解除；溶解

範例

(1) They have **dissolved** their marriage.
他們已解除婚約

(2) The contract has been **dissolved**.
合約已被解除了

(3) The mystery remains to be **dissolved**.
那個謎尚待解開

(4) Sugar **dissolves** in water.
糖溶於水

Note

Chapter
T
Chapter

tamper 動 | 干涉；弄亂；偽造

範例

01. Don't **tamper** with other's business.
別去干涉別人的事

02. Why would he **tamper** the document?
他為什麼要竄改這份文件？

03. It is not good to **tamper** with a personal letter.
擅自開啓別人的信件是不對的

04. It is dangerous for boys to **tamper** with gunpowder.
男孩們玩火藥是危險的事

05. Please don't **tamper** with the scanner.
請不要瞎弄那台掃瞄器

相關詞

meddle 干涉

範例

(1) Don't **meddle** in their affairs.
別干涉他們的事

(2) Someone's been **meddling** with my desk.
有人擅自動我桌子

相關詞

intrude 侵入；打擾

範例

(1) Don't **intrude** in a family dispute.
不要介入家庭爭端

(2) I don't want to **intrude**.
我不想打擾

(3) He **intruded** his opinions upon me.
他強迫我接受他的意見

(4) He **intruded** upon my time.
他侵佔我的時間

(5) He **intruded** himself into the conversation without a word of apology.
他連一聲歉意都沒有就插進來講話

相關詞

pry 窺視；打聽

範例

(1) Stop **prying** about the house.
別在房子裏到處窺探了

(2) She likes to **pry** into the private life of her friends.
她喜歡打聽朋友們的私生活

tangle 動 糾纏 名 混亂

範例

01. Do you know how he got **tangled** in the quarrel?
你知道他是怎麼捲入紛爭的嗎？

02. The woolen yarns was **tangled** into a mess.
毛線被纏的一團糟

03. The power failure had **tangled** traffic in the city.
斷電使這個城市交通陷入混亂之中

04. Her thoughts were in a **tangle**.
她的思想陷入混亂之中

05. It took hours to remove the **tangles** from the yarn.
花了好幾個小時才把打結的線理出頭緒

相關詞

mess 混亂

範例

(1) The room is in a **mess**.
這房間真是一團亂

(2) I made a **mess** of the plan.
我把計畫弄糟了

(3) Don't **mess** with me.
不要來煩我

(4) What a jolly **mess** I am in.
我真的搞的一團糟

(5) He **messed** up the house.
他把房子弄亂了

相關詞

confused 混亂

範例

(1) They **confused** me by their conflicting advice.
我被他們相互矛盾的建議給弄糊塗了

(2) His sudden appearance **confused** me.
他的突然出現讓我混亂了

(3) You **confused** me.
你把我搞糊塗了

相關詞

twist 扭曲；纏繞

範例

(1) He always **twist** my words.
他總是扭曲我的話

(2) A piece of string has **twisted** round the wheel.
一根繩子纏在輪子上了

target 動 制定目標 名 標靶

範例

01. The company has **targeted** a profit for this year.
公司已經制定了今年的利潤指標

02. He was made the **target** of criticism.
他已經成為被指責的目標

03. He missed the **target**.
他未擊中目標

04. His **target** is to save one million dollars.
他的目標是存一百萬

05. His proposal became the **target** of criticism.
他的提議卻成了被批評的目標

相關詞

goal 目的

範例

(1) They reached the **goal** of their journey.
他們到達了旅程的終點

(2) He was the first to cross the **goal**.
他是第一個到達終點的

(3) His **goal** in life is to be a rich man.
他的人生目標就是成為有錢人

(4) My **goal** in life is to help others.
我的人生目標是幫助別人

相關詞

object 目的；主題

範例

(1) What is the **object** of the meeting?
這個會議的主題是什麼？

(2) The **object** of his trip is to promote their new product.
他這次旅行的目的是為了宣傳他們的新產品

(3) Does anyone know the **object** of his visit?
有沒有人知道他這次來拜訪的目的是什麼？

task 動 派任務 名 工作

範例

01. The manager **tasks** the difficult job to me.
經理派這個困難的事給我

02. The project **tasked** his mind.
這專案使他大傷腦筋

03. He has fulfilled the **task**.
他已完成這個任務了

04. Her **task** is to take care of her children and parents-in-law.
她的工作就是照顧她的小孩和公婆

05. The boy had the difficult **task** of pulling out all the weeds.
這男孩的苦差事是拔除所有的雜草

相關詞

duty 責任；義務

範例

(1) It is our **duty** to protect our family.
保護我們的家園是我們的責任

(2) He has no sense of **duty**.
他沒有責任感

(3) We have to carry out our **duties**.
我們必須履行我們的責任

(4) One of my **duties** is to file the letters.
我的職責之一是將信件歸檔

(5) Customs **duties** are paid on imported goods.
進口貨物要付關稅

相關詞

job 工作

範例

(1) I got the **job** with the firm.
我在這公司找了一份職務

(2) The new building was a big **job**.
這新大樓是一項大工程

(3) Just do your **job**.
做好你的工作

(4) You have done a good **job**.
你做的很好

(5) It is your **job** to raise funds.
籌措資金是你的工作

相關詞

work 工作

範例

(1) I have to bring my **work** home today.
今天我得把工作帶回家做

(2) He is **working** on a study of Claudio Monteverdi's works.
他在研究蒙台威爾第的作品

tax 動 課稅；負擔 名 稅金

範例

01. We are heavily **taxed**.
我們被課以重稅

02. A government can **tax** its citizens directly.
政府可以直接向人民課稅

03. Reading in dim light **taxes** our eyes.
在微弱的燈光下看書會使眼睛負荷太重

04. The work is a heavy **tax** on my health.
這個工作對我的健康而言是一種負擔

05. The care of children and parents were a **tax** on her energies.
要照顧孩子和父母成了她體力上很大的負擔

06. Every citizen must pay **taxes**.
每個公民都必須納稅

相關詞

burden 負擔

範例

(1) The government **burdened** the nation with heavy taxes.
政府加重人民稅負

(2) I left relieved of the **burden**.

我放下重擔而鬆了一口氣

相關詞

charge 課稅

範例

(1) We have to **charge** 10% for income tax.
我們必須課徵10% 的營業稅

(2) He **charged** me with the task.
他委任我負責這工作

(3) My mother is **charged** with the care of the children.
孩子們託付給我媽媽照顧

(4) She **charged** me ten thousand dollars for it.
她為了這跟我收了一萬元

(5) The nurse is in **charge** of the patients.
護士照料病人

相關詞

encumber 妨礙；拖累

範例

(1) He was **encumbered** with debts.
他為債務所累

(2) The office was **encumbered** with history documents.
這辦公室堆滿了歷史文件

teach 動 | 教導；告誡

範例

01. He **teaches** me how to communicate with these people.
他教導我如何跟這些人溝通

02. I will **teach** you a lesson if you meddle in my affairs.
如果你再管我的事，我就要教訓你了

03. The experience **taught** us a lesson.
這個經驗給我們上了一課

04. If you call him names again, I will **teach** you.
如果你再辱罵他我就對你不客氣了

05. Blaming them will **teach** us nothing.
責備他們不會讓我們學到什麼

06. I **taught** my dog to sit.
我教我的狗坐下

相關詞

educate 教育

範例

(1) She was **educated** in England.
她在英國受教育

(2) Schools have the responsibility to **educate** children.
學校有義務教導孩子

(3) He was college **educated**.
他受過大學教育

相關詞

instruct 教師；指導

範例

(1) My job is to **instruct** her in English.
我的工作是教她英語

(2) He **instructed** us in chemistry.
他教我們化學

(3) She **instructed** me to deliver them to her parents.
她命令我把東西送去給她父母

(4) An **instructor** is below an assistant professor.
講師的職位比副教授低

相關詞

enlighten 啓發

範例

(1) His words **enlightened** me on my career?
他的話使我在生涯上得到啓發

(2) I like those books which **enlighten** people.
我喜歡那些使人們得到啓發的書

technique 名｜技術

範例

01. We need to learn modern management **techniques**.
我們需要學習現代管理技術

02. His **technique** in violin was excellent.
他在小提琴方面的技術絕佳

相關詞

method 方法

範例

(1) A new training **method** was introduced into our company.
一種新的訓練方法被引進了我們公司

(2) He is totally without **method** in his work.
他工作毫無條理

相關詞

way 方法

範例

(1) There are many **ways** to get there.
有很多方法可以去那裏

(2) Their plan is recommendable in many **ways**.

他們的計劃在許多方面都是可取的

相關詞

manner 方法

範例

(1) What is the best **manner** to do it?
做這件事的最好方法是什麼？

(2) The trouble arose in this **manner**.
紛爭是這樣發生的

(3) All **manner** of dress are displayed in the windows of that store.
這間商店展示著各種不同的洋裝

(4) We saw all **manner** of fishes in the pictures.
我們在圖片中看到各種不同的魚類

相關詞

skill 技術

範例

(1) Reading and writing are different **skills**.
閱讀和寫作是不同的技能

(2) She has great **skills** in handwork.
她擅長手工

(3) Her **skill** in dancing is well-known.
她的舞蹈技能相當有名

test 動 檢查；試驗
名 測驗

範例

01. I asked my doctor to **test** my ears.
我請醫生檢查我的耳朵

02. A simple **test** will show if this is a real diamond.
簡單的測試就能證明是否為真的鑽石

03. I had a blood **test**.
我驗過血了

04. We are to have a geography **test** tomorrow.
我們明天有個地理測驗

05. Failure is often a **test** of character.
失敗往往是性格的試金石

相關詞

examine 檢查；測驗

範例

(1) They are **examining** my baggage.
他們正在檢查我的行李

(2) The doctor **examined** the girl and found there was nothing with her.
醫生檢查了那女孩的身體並且發現她是健康的

(3) I had my eyes **examined**.

我檢查了我的眼睛

(4) I **examined** the new secretary in English.
我給那新來的秘書做了英文測驗

(5) The lawyer **examined** the witness.
律師詢問了證人

相關詞

quiz 測驗

範例

(1) We had a **quiz** in English today.
我們今天有英文測試

(2) She **quizzed** me about my reasons for leaving.
她問我為了什麼原因要走

(3) The students were **quizzed** on history.
學生們今天被測驗了歷史

相關詞

test 測試

範例

(1) We are to have an English **test** next week.
下週我們有一個英文測驗

(2) The doctor **tested** her eyes.
醫生檢查了她雙眼

think 動 | 思考；打算

範例

01. Let me **think** for a moment.
讓我想一下

02. It is good to **think** of the future.
思考未來是好事

03. I will give you one week to **think** it over.
我給你一個星期的時間去考慮一下

04. I **think** I will leave here next week.
我打算下周離開這裏

05. I **think** nothing of the advice.
我覺得這個忠告沒有意義

06. Why do you **think** he said so?
你覺得他為何這麼說

07. Don't **think** I won't do that.
別以為我不會再那樣做

08. They **think** highly of you.
他們很敬重你

09. I don't **think** he will come.
我不認為他會來

10. I didn't **think** I'd land myself in trouble.
我沒想到會使自己陷入困境

thought 名 | 思考；想法

範例

01. Just as I **thought**.
如我所料

02. He did it after long **thought**.
他想了很久才這麼做

03. I kept the **thought** to myself.
我沒把想法告訴別人

04. He showed a tender **thought** for her.
他對她溫柔體貼

相關詞

suppose 猜想

範例

(1) I **suppose** he is still in the office.
我猜他還在辦公室裡

(2) Every effect **supposes** a cause.
事出必有因

toil 動 辛勞

名 辛勞

範例

01. We **toiled** up the hill.
我們辛苦的爬上了山丘

02. Carrying heavy loads, they **toiled** along the road.
他們身背重負沿著道路艱難前進

03. We all **toil** for our daily bread.
我們都為了生活而辛勞

04. She gained it after long **toil**.
她在長期辛勞後得到了它

05. He succeeded after years of **toil**.
他經歷數年的辛勞之後成功了

06. I have been caught in the **toils** of despair.
我陷入絕望中

07. A mouse was caught in the **toil**.
一隻老鼠落入陷阱

08. The killer was caught in the **toils** of the law.
凶手落入法網

相關詞

hard 艱苦的

範例

(1) She is a **hard** worker.
她是非常努力的人

(2) It is **hard** to keep a secret.
保密是很困難的

(3) My boss is **hard** to please.
我老闆是很難取悅的

(4) I know that she has a very **hard** life.
我知道她日子過的很辛苦的

(5) He tried **hard**, but still failed.
他很努力試過但還是失敗了

相關詞

drudgery 單調沉悶

範例

(1) I am afraid that I should find it **drudgery** to teach music to beginners.
我怕會覺得教初學者音樂是個單調沉悶的工作

trick 動 欺騙 名 計謀；把戲

範例

01. They **tricked** me into making a mistake.
他們騙了我犯錯

02. We were **tricked** nicely.
我們被巧妙的技巧騙了

03. She **tricked** herself up for the banquet.
她打扮整齊去赴宴

04. He played a **trick** on me.
他開了我玩笑

05. That was a rotten **trick**!
那樣做太輕率了

06. She has a **trick** of repeating herself.
她有重複自己說話的習慣

07. My father taught me the **tricks** of the trade.
我父親教我做生意的絕竅

08. Daily practice is the **trick** in learning a foreign language.
每天練習是學會外語的訣竅

相關詞

cheat 欺騙

範例

(1) They **cheated** the old woman of her house and money.
他們騙取了老婦人的房屋和錢財

(2) The salesman **cheated** her into buying a fake.
那個推銷員騙了她買假貨

(3) The fishermen **cheated** death in the stormy seas.
那些在波濤洶湧的海上作業的漁民們僥倖地避開存活

(4) Tax **cheats** have declined.
逃稅事件已減少了

相關詞

deceive 欺騙

範例

(1) Don't be **deceived** by appearances.
不要被外表所欺騙

(2) I was **deceived** into thinking that he was trustwortyh.
我以為他很可靠而上當受騙了

Note

Chapter
U~Z
Chapter

unless 連 | 除非

範例

01. You will never be successful **unless** you work harder.
除非你更努力，否則你永遠不會成功的

02. **Unless** she apologizes first, I won't apologize.
除非她先道歉，我不會道歉的

03. **Unless** she keeps a diet and takes exercise everyday, she won't lose weight.
除非她節制飲食並且每天運動，否則她的體重是不會減少的

04. I will go **unless** no one else does
除非沒人去，否則我會去

05. He never speaks **unless** he is spoken to.
除非別人先開口講話，否則他是不開口的

相關詞

except 除此之外

範例

(1) She works everyday **except** Monday.
她除了星期一外每天都要工作

(2) **Except** Sunday, we go to his house everyday.
除了星期天我們每天都會去他家

(3) He knew nothing **except** the price.

除了價格之外其他的他一概不知

(4) They all went to sleep **except** Jenny who is still working.
除了 Jenny 還在工作之外，他們都去睡覺了

(5) He has no special fault **except** that he drinks too much.
他除了喝太多酒之外沒什麼特別的毛病

相關詞

besides 除…之外

範例

(1) I want nothing **besides** this.
除了這個之外我都不要

(2) He had other people to take care of **besides** his mother.
除了他母親外，他還要照顧其他人

(3) **Besides** drinking coffee, what else has she done?
除了喝咖啡她還做了什麼？

(4) **Besides**, I want you to promise me one thing.
此外，我要你答應我一件事

urge 動 驅策；鞭策；勉勵
名 慾望；衝動

範例

01. He **urged** me to take steps in the matter.
他催促我要開始辦理這件事

02. They **urged** me to go at once.
他們催促我馬上去

03. Father **urged** me to study harder.
父親勉勵我要更加用功

04. My parents **urged** that I go to Seattle.
我父母極力主張我去西雅圖

05. The citizens **urged** for the construction of a new building.
市民們強烈要求建造一幢新大樓

06. I felt an **urge** to go to the beach.
我有股去海邊的衝動

07. The spring break is coming and I have an **urge** to travel.
春假快到了，我很想外出旅行

urgent 形 | 緊急的；迫切的

範例

01. We must do it first because it is **urgent**.
這件事很急迫我們一定要先處理

02. It is **urgent** to let him know the truth.
讓他知道真相是當務之急

03. She was speaking to him in an **urgent** voice.
她正迫切的跟他說話

04. He has an **urgent** need for money.
他急需要用錢

05. These people are in **urgent** needs of relief.
這些人急需救濟

相關詞

imperative 急需的

範例

(1) It is **imperative** for you to come.
這事很緊急你必須來一趟

(2) It is **imperative** to act now.
現在必須有所行動

value 名 價值；價格
動 重視；評價

範例

01. You don't know the **value** of the vase.
你不知道這花瓶的價值

02. This dress is good **value** for your money.
這件洋裝你買的很划算

03. His advice is of great **value**.
他的忠告非常寶貴

04. Your help is of great **value** to me.
你的幫助對我非常有價值

05. His **values** seem old-fashioned.
他的價值觀似乎老舊了

06. He **values** her ability.
他重視她的能力

valuable 形 有價值的

範例

01. This experience is **valuable** to me.
這經歷對我很寶貴

02. Nothing is more **valuable** than time.
沒有什麼比光陰更寶貴的了

03. She is a **valuable** partner.
她是值得交往的朋友

相關詞

worth 有價值得

範例

(1) The vast is **worth** fifty thousands dollars.
這花瓶值五萬元

(2) The exhibition is **worth** a visit.
這展覽值得一看

(3) That book is not **worth** reading.
那本書不值得一讀

(4) Nobody knew the true **worth** of my work.
沒有人知道我工作的真正價值

(5) It is **worth** while to go there.
到那兒是值得的

verify 動 | 證明；核對

範例

01. All these facts **verify** his innocence.
所有的事實證明他是無辜的

02. My prediction was **verified**.
我的預言被證實了

03. We need to **verify** the documents.
我們需要核對這些文件

04. It was easy to **verify** his statements.
他的話很容易被證實

05. It had to **verify** that he was the true owner of the house before the bank was willing to lend him money.
在借錢給他之前，銀行必需先核對他確實是這棟房子的主人

06. His identification was **verified**.
他的身份已經被證實了

相關詞

certify 證明；保證

範例

(1) Two witnesses must **certify** that this is your signature.
須有兩個見證人證明這是你的簽字

(2) I can **certify** to his character.
我可以保證他的人格

(3) The documents have to be **certified** by officials.
這份文件必需經過官方的證明

相關詞

confirm 確認；證實

範例

(1) We have **confirmed** the report.
我們已證實了那報導

(2) His letter **confirmed** everything.
他的信證實了一切

相關詞

prove 證明

範例

(1) The lawyer **proved** the innocence of his client.
律師證實了他當事人的清白

(2) The rumor **proved** true.
這謠傳結果被證實是真的

way 名 道路；方向；方法

範例

01. It is the only **way** to the station.
這是到車站唯一的路

02. Please go this **way**.
請走這邊

03. Never mind, it's just his **way**.
別介意，這就是他的方式

04. I don't like the **way** he talks to me.
我不喜歡他跟我說話的方式

05. Their plan is recommendable in many **ways**.
他們的計畫在許多方面都是可取的

相關詞

by the way 順便一提

範例

(1) **By the way**, do you know where he is going?
對了，你知道他去哪？

相關詞

all the way 大老遠

範例

(1) He came **all the way** from India.

他大老遠從印度來

相關詞

by way of 經由

範例

(1) He went to Detroit **by way of** Tokyo.
他經由東京到底特律

相關詞

have one's way 隨心所欲

範例

(1) He always **has his way**.
他總是隨心所欲

相關詞

in one's way 擋路

範例

(1) Don't stand **in my way**.
不要擋我的路

weak 形 | 虛弱的；淡的

範例

01. She is still **weak** after her long illness.
久病之後她仍很虛弱

02. The old man was too **weak** to stand up.
這老人虛弱到無法站起來

03. He is a man of **weak** character.
他是個性軟弱的人

04. This is his **weak** point.
這是他的弱點

05. The tea is too **weak**.
這茶太淡了

06. The evidence he produced was very **weak**.
他提出的證據太不充份了

相關詞

frail 虛弱的；不堅固的；渺茫的

範例

(1) She is a person of **frail** constitution.
她是體質虛弱的人

(2) His grandmother is already 98 and too **frail** to live by herself.
他祖母已經九十八歲了身體太虛弱不便獨居

(3) He is a **frail** man.

他是意志薄弱的人

(4) The house is a **frail** wooden structure.
這房子是木製結構很不堅固

(5) He has only a **frail** chance of winning the game.
他贏得比賽的機會極小

相關詞

feeble 虛弱的；軟弱的；薄弱的

範例

(1) He was **feeble** with age.
他隨年紀增長而衰落

(2) She is **feeble** from sickness.
她因為生病而變得虛弱

(3) He is a man with a **feeble** personality.
他是個性軟弱的人

(4) His argument was **feeble**.
他的論點站不住腳

worth 形 有價值的 名 價值

範例

01. The painting is **worth** 500,000 dollars.
這幅畫價值五十萬元

02. This book is **worth** reading.
這本書值得閱讀

03. It is **worth** while visiting the beach.
這海灘值得一遊

04. We never know the **worth** of water till the well is dry.
物以稀為貴

05. The **worth** of something is best known by the want of it.
只有在需要某些東西時最能體會其價值

worthy 形 有價值的

範例

01. The boy's behavior is **worthy** of praise.
這男孩的行為是值得讚許的

02. He is **worthy** to receive such honor.
他應該得到此榮譽

03. This cause is **worthy** of our continued support.
這一事業值得我們繼續不斷的支持

04. The old man was a **worthy** man.
這老人是個可敬的人

05. The local **worthies** were all present at the party.
地方名流都出席這場宴會

相關詞

merit 價值

範例

(1) The picture has artistic **merits**.
這幅畫具有藝術的價值

(2) People may not like him, but he has his **merits**.
人們也許不喜歡他，但他有他的優點

(3) The contention is without **merit**.
這個論點完全沒有依據

相關詞

value 評價；有價值

範例

(1) Your help is of great **value** to me.
你的幫助對我非常有價值

wrong 名 不正當的行為；錯誤 形 錯誤的

範例

01. It is not always easy to know right from **wrong**.
分辨是非並不是容易的事

02. He has done me a great **wrong**.
他做了一件對不起我的事

03. The man has committed many **wrongs**.
那人幹了許多壞事

04. You are both in the **wrong**.
你們兩人都有錯

05. I took the **wrong** way.
我走錯了路

06. Something is **wrong** with the TV.
這台電視有一些問題

07. Sorry, you have the **wrong** number.
很抱歉你打錯電話了

08. You spelled my name **wrong**.
你拼錯我的名字了

09. She is the **wrong** person for the position.
她並不適合這個職務

10. You are wearing it **wrong** side out.
你穿反了

相關詞

wrongdoing 惡行

範例

(1) He confessed all his **wrongdoings**.
他已承認他所有的罪行

相關詞

improper 不宜的；不適當的

範例

(1) Short trousers are **improper** in this restaurant.
這家餐廳是不宜穿短褲的

(2) Laughing aloud is **improper** for a lady.
一個淑女大聲嘻笑是不適當的

相關詞

incorrect 錯誤的

範例

(1) He gave an **incorrect** answer.
他給了一個錯誤的答案

yell 動 大聲喊叫 名 喊叫聲

範例

01. The boy **yelled** with pain.
這男孩痛的大叫

02. She **yelled** a warning to us.
她大聲的警告我們

03. She gave a **yell** for help.
她大聲的求助

04. I heard a **yell** outside.
我聽到外面一聲喊叫

05. You don't have to **yell**.
你用不著窮吼

相關詞

bawl 大喊；大叫

範例

(1) He **bawled** at me.
他對我大叫

(2) A good **bawl** made me feel better.
痛快哭了一場我覺得好多了

(3) The peddler **bawled** his wares in the street.
小販在街上叫賣

相關詞

call 喊叫

範例

(1) I **called** you many times but you didn't hear me.
我叫你很多次了你都沒聽到

(2) She **called** from outside.
她在外面大叫

(3) She **called** to me from the other side of the street.
她從對街叫我

(4) The teacher **called** out his name.
老師大聲喊了他的名字

(5) We heard a **call** for help from next door.
我們聽到隔壁的求救聲音

yet 副 | 尚未

範例

01. The visitor is not **yet** here.
訪客還沒到

02. He has not finished the work **yet**.
他還沒完成那工作

03. I have received no news from you **yet**.
我還沒接到你們的任何訊息

04. It seems true, **yet** I don't believe it.
這件事看起來是真的，但我還是不相信它

05. He has a **yet** harder task to do.
他還有一件更困難的事要做

06. The moon has not risen **yet**.
月亮還沒有升起

07. The project has not been carried out as **yet**.
這個專案尚未付諸執行

08. The job is **yet** more demanding.
這工作會更加費力

09. I have **yet** another question to ask.
我還有一個問題要問

10. I don't know him, **yet** I can get his help.
我不認識他但我會得到他的幫助

相關詞

the moment 此刻

範例

(1) I am very busy at **the moment**.
此刻我很忙

(2) We became friends from **the moment** we met.
從第一次見面我們就成為了朋友

(3) She hid herself **the moment** she saw me.
她一看到我就躲起來

相關詞

present 現在

範例

(1) We are very busy at **present**.
我們現在很忙

(2) Up to the **present**, we have been able to maintain the standard.
到現在為止，我們還可以維持在標準內

zeal 名 | 熱情

範例

01. He shows his **zeal** for his work.
他在工作上獻出他的熱情

02. Her boss highly appreciates her **zeal** for her work.
她的上司非常欣賞她的工作熱情

03. **Zeal** has wings.
熱情來的快去的也快

04. **Zeal** without knowledge is fire without light.
志才大疏

05. I didn't show any **zeal** for my work.
我對我的工作表現的很不熱情

zealous 形 | 熱心的；積極的

範例

01. The dancer seems very **zealous** to please.
這個舞者看起來非常熱情的想取悅觀衆

02. She is a **zealous** jazz fan.
她是一個熱情的爵士樂迷

相關詞

passion 熱情；激情

範例

(1) I couldn't control my **passion**.
我無法控制我的情感

(2) They sang with great **passion**.
他們滿懷熱情的歌唱

(3) She may have a **passion** for you, but it isn't love.
她也許為你有強烈的情感，但這不是愛情

(4) He had a **passion** for writing.
他非常喜愛寫作

相關詞

enthusiasm 狂熱

範例

(1) She was received with **enthusiasm**.
她受到熱誠的歡迎

(2) The proposal was greeted with great **enthusiasm**.
這個提案受到熱情的響應

zest 名 | 熱誠；滋味

範例

01. He joined our plan with **zest**.
他熱情的加入我們的計畫

02. She ate with **zest**.
她吃的津津有味

03. She felt that some of the **zest** had gone out of her life.
她覺得她的生活已少了些熱情

zestful 形 | 熱心的

範例

01. Jenny is a **zestful** girl.
Jenny 是一個熱情的女孩

相關詞

enjoy 享受

範例

(1) I **enjoyed** the party very much.
我非常享受這次聚會

(2) I **enjoy** my life.
我非常喜愛我的生活

相關詞

relish 滋味；喜好

範例

(1) Danger adds **relish** to an adventure.
危險可增加冒險的樂趣

(2) Hunger gives **relish** to simple food.
肚子餓時吃什麼都香

(3) She doesn't **relish** having to wash all those dishes.
要洗所有的盤子讓她感到非常不開心

(4) I added much **relish** to my dish.
我在我的菜中加了許多佐料

相關詞

gusto 津津有味

範例

(1) We ate with **gusto**.
我們吃的津津有味

Note

書名 / 英文商業關鍵詞造句秘訣與鐵則

作者 / Mile R . McGarry · Christopher W . Lin · 吳湘琴

出版發行 / 恆友文化事業有限公司

E-Mail / hypbooks@gmail.com

總經銷 / 商流文化事業有限公司

訂書專線 / (02)2228-8841

傳真專線 / (02)2228-6939

ISBN / 978-986-86384-8-8

出版日期2011年11月初版一刷

本書特價**380**元

國家圖書館出版品預行編目資料

英文商業關鍵詞造句秘訣與鐵則 / Mile R . Mcgarry, Christopher W . Lin ,吳湘琴 著. -- 初版. -- 新北市：恆友文化, 2011.11

面： 公分

ISBN 978-986-86384-8-8 (平裝)

1.英語 2.句法

805.169 100020997

恆友文化

恆友文化

恆友文化

恆友文化